Marina Jenkner
**Blaue Ufer**

AF285411

Die Arbeit an diesem Roman wurde mit freundlicher Unterstützung durch ein Neustart-Kultur-Stipendium der VG Wort ermöglicht.

Marina Jenkner

# Blaue Ufer

Roman

FSC
www.fsc.org
MIX
Papier aus ver-
antwortungsvollen
Quellen
Paper from
responsible sources
FSC® C105338

## Impressum

Bibliografische Information der Deutschen Nationalbibliothek:
Die Deutsche Nationalbibliothek verzeichnet diese Publikation
in der Deutschen Nationalbibliografie; detaillierte bibliografische
Daten sind im Internet über http://dnb.dnb.de abrufbar.

### Erste Auflage Mai 2022
© **Marina Jenkner**
Covergestaltung: Vera Cort
Coverfoto: Jorm Sangsorn/ iStock.com
Buchsatz: Werbetext Wuppertal
Lektorat: Lucien Deprijck
Illustrationen: Marlies Blauth

Herausgeber:
**ML Books**, Bad Aibling & Wuppertal
Herstellung und Verlag:
BoD – Books on Demand, Norderstedt
ISBN: 978-3-7562-0624-7

*»Aber ebenso wie all die Anderen
hatte sie keine Füße,
der Rumpf endete in einem
Fischschwanz.«*

Hans Christian Andersen

Undine gefiel die Art, wie westafrikanische Buntbarsche ihre Nachkommen vor allen Gefahren beschützten, indem sie die Kleinen einfach ins Maul nahmen. Es musste ein schönes Gefühl sein, als kleiner Fisch im warmen Maul von Vater oder Mutter geborgen zu sein. Die Chromidotilapia guntheri guntheri gehörten zu den ovophilen Maulbrütern und zu Undines Lieblingsfischen. Schon oft hatte sie beobachten können, wie die Fortpflanzung der Tiere mit Körperschütteln vor dem Partner eingeleitet wurde und die Weibchen dabei in intensiver Färbung erstrahlten. Das Männchen nahm den auf einem Stein abgelegten Laich ins Maul und es allein erbrütete die Nachkommen.

Das Buch über Buntbarsche, das Undine auf einer Waschmaschine sitzend las, war ihr nicht neu. Sie hatte es schon oft gelesen und konnte es beinahe auswendig. Doch sie liebte es, Bücher mehrmals zu lesen und ihren Inhalt genau zu kennen. Das nahm den Büchern ihre Unvorhersehbarkeit, die Ungewissheit, das Neue, ließ sie stattdessen in einem immer gleichen, bekannten Rhythmus der Buchstaben vor ihren Augen tanzen, was ihr keineswegs langweilig erschien.

Sie mochte Abläufe, die immer gleich waren, immer gleich wie die monotonen Umdrehungen der Waschmaschine Nummer fünf, auf der sie saß. So ging sie auch stets um dieselbe Zeit in den Waschsalon – immer vormittags, wenn die Obdachlosen die Bänke, die ihnen als Nachtquartier dienten, bereits verlassen hatten, um auf dem Bahnhofsvorplatz den Tag zu verbringen, wenn aber die waschmaschinenlosen Großfamilienmütter mit ihren dicken Wäschesäcken noch nicht eingetroffen waren. Der Waschsalon war überschaubar, die hellblauen Maschinen standen T-förmig Rückseite an Rückseite in der Mitte des Raumes, ihre Fronten waren zerkratzt, die kabelverdeckenden Bretterverschläge zwischen den Maschinen teils eingetreten, neben den Bänken lagen Bierdosen und Dönerreste, trotzdem kam Undine immer hierher. Wenn sie durch die großen Schaufensterscheiben die befahrene Kreuzung sah, die Autos, die sich stauten, oft genug auch den in dieser Stadt so häufigen Regen, die grauen Wolken, die kaum Licht zwischen die Häuserschluchten dringen ließen, dann fühlte sie sich in der Neonbeleuchtung des Waschsalons manchmal wie auf einer einsamen Insel.

An diesem Morgen war sie die einzige Kundin im Waschsalon und sie genoss die Ruhe, in der die Laute der waschenden Maschine ihr wie Musik erschienen. Beinahe andächtig meditierte sie zu Waschgeräuschen und Buntbarschhaltung, verlor sich in einer Welt aus Wasser und Fischen, aus Meer und Sehnsucht. So ignorierte sie auch den blonden jungen Mann, der mit einem Sack voller Wäsche den Waschsalon betrat.



Adrian hasste es, sich mit solchen Dingen wie Wäschewaschen aufzuhalten. Aber es war mal wieder Zeit, der Wäscheberg war zu einem Ungetüm geworden und wenigstens eine Maschine wollte er noch durchkriegen, bevor er zur Uni musste – falls er sich heute überhaupt dazu überwinden konnte, da war er sich noch nicht sicher. Sonst ging er immer nachmittags waschen, aber gestern Abend war er ausnahmsweise nicht feiern gewesen und heute Morgen früh aus dem Bett gekommen.

Adrian erschien das bunte Treiben im Waschsalon oft wie ein menschliches Kuriositätenkabinett: Manchmal wuselte ihm eine Horde von Kleinkindern um die Füße; endlose Diskussionen von Menschen, die die Waschanleitung nicht verstanden, hatte er ebenso schon mit angehört wie eskalierende Ehestreits; außerdem belegten häufig schlafende Obdachlose die Bänke, auf die er sich sonst gerne gesetzt hätte, und ihre Fahne vermischte sich mit dem Duft des Einheitswaschpulvers. Er war immer froh, wenn er wieder draußen war.

Umso erstaunter war Adrian, als er den Waschsalon betrat und lediglich eine junge Frau, die lesend mit übereinandergeschlagenen Beinen auf einer der Waschmaschinen saß, erblickte. Und was für eine Frau! Hätte Adrian das selbst nicht so billig gefunden, hätte er am liebsten gepfiffen. Sie war ungefähr in seinem Alter, Anfang zwanzig vielleicht, hatte ihre braunen Haare kunstvoll hochgesteckt und so, wie sie dort saß, in einer blauen, weitärmeligen Bluse in ein Buch vertieft, hatte sie etwas Anmutiges, das ihm sofort auffiel. Wow, dachte Adrian.

Er wählte die Waschmaschine Nummer vierzehn, die hinter ihrer Maschine stand – mit einem Bretterverschlag dazwischen. Adrian mochte die Zahl Vierzehn, denn er war an einem Vierzehnten geboren worden. Sie saß mit dem Rücken zu ihm und schien ihn nicht zu bemerken. Selbst ihr schmaler Rücken ist schön, dachte Adrian, bevor sein Wäschesack um Aufmerksamkeit schrie. Er holte sein Portemonnaie hervor.

»Mist!«, entfuhr es ihm. Er hatte keine Münzen für den Waschautomaten dabei.

Tschuldigung?« Undine starrte gebannt auf die Abbildung des Hemichromis lifalili, dessen natürlicher Lebensraum das westafrikanische Küstengebiet ist.»Tschuldigung!«, rief es hinter ihrem Rücken. In ihr zog sich alles zusammen. Was wollte der Typ mit den straßenköterblonden Strubbelhaaren von ihr? Wieso holte er sie aus westafrikanischen Gewässern in den schäbigen Waschsalon zurück? Sie atmete tief durch und drehte sich vorsichtig um.

»Könntest du mir vielleicht den Fünf-Euro-Schein wechseln? Ich habe mein Kleingeld vergessen.«

Undine schwieg. Er will nur Geld wechseln, dachte sie, aber sie hatte trotzdem ein komisches Gefühl im Bauch. *Gib ihm das Geld, dann geht er weg und ist zufrieden.* Sie nahm ihr Portemonnaie und suchte die passenden Münzen heraus. Als der Typ das sah, ging er um die anderen Waschmaschinen herum, kam auf sie zu und reichte ihr den Fünf-Euro-Schein. Sie schluckte, nahm dann den Schein entgegen und gab ihm die Münzen in die Hand.

Dabei sah sie ihn nicht an, sondern konzentrierte sich darauf, seine Hand bei der Übergabe nicht zu berühren. Er bedankte sich und ging zum Waschpulverautomaten. Undine atmete auf.

Sie wollte zurück nach Westafrika, ins Meer, zu den Fischen, deshalb wandte sie sich wieder ihrem Buch zu, doch die Bilder hatten ihre Kraft verloren. Sie vermochten es nicht mehr, Undine aus dem Waschsalon in eine andere Welt zu entführen. Stattdessen hörte Undine genau, wie das Waschpulver leise in den Plastikbecher rieselte. Sie starrte angestrengt auf ihr Buch, aber sie hörte seine Schritte, sie hörte, wie er Wäsche und Pulver in die Waschmaschine füllte und wie er diese zum Laufen brachte.

*Der beliebte Hemichromis lifalili gehört zu den schönsten Arten seiner Gattung. Er wird auch als Juwelenbuntbarsch bezeichnet.*

Der Typ kam wieder in ihre Richtung. Seine Schritte störten die Waschgeräusche. Sie starrte in ihr Buch.

*Der Körper zeigt eine prächtige rot-orange bis auffällig rote Färbung mit lichtblauen Glanzpunkten.*

Er setzte sich auf die Ablage schräg neben ihrer Waschmaschine und baumelte mit den Beinen. Wahrscheinlich blickte er sie an, aber Undine fixierte ein Fischfoto.

*Während die Weibchen sehr viel schlanker sind, zeigen die Männchen einen deutlich kräftigeren Körper mit einem massigeren Kopf.*

»Das ist mir echt noch nie passiert, dass ich in den Waschsalon gehe und mein Kleingeld vergesse. Aber egal, du konntest ja wechseln.«

Du hast doch die Münzen bekommen, wieso kannst du dann nicht einfach ruhig sein, dachte Undine und wandte sich wieder dem Juwelenbuntbarsch zu.

*Schwierig gestaltet sich die Paarbildung. Da das Männchen stark treibt, sollten im Aquarium genug Versteckplätze für das Weibchen vorhanden sein.*

Einen Versteckplatz hätte sie jetzt auch gerne. Obwohl sie in ihr Buch sah, spürte sie genau, wie der Typ sie musterte.

»Ich hätte mir auch mal was zu Lesen mitnehmen sollen. Jetzt sitzt man hier wieder herum und wartet dumm auf seine Wäsche.«

Wieso holte er sie immer wieder von den Buntbarschen weg? Sie würde sich von seinen Worten nicht in den Waschsalon zerren lassen, da könnte er noch so viel reden, sie würde bei den Fischen bleiben.

*Ist die Paarbildung dann gelungen, pflegen Männchen und Weibchen aber eine intensive Paarbeziehung und bleiben oft viele Jahre lang zusammen.*

»Wäschst du öfter hier?«

Undine hielt die Luft an. Wollte er sie jetzt ausfragen?

Ein Handy klingelte. Sein Handy klingelte und rettete sie vor der Beantwortung der Frage.

Er stand auf und kramte sein Mobiltelefon aus der Hosentasche. »Ja? ... Ach hi, du bist es. Hat alles geklappt?« Er ging telefonierend in die hintere Ecke des Waschsalons und drehte ihr den Rücken zu.

Jetzt schnell weg! Undine sprang von der Waschmaschine, unterbrach den Schleudergang, griff nach ihrem Wäschebeutel und zerrte die nasse Wäsche aus der Trommel. Der Typ telefonierte immer noch. Hastig nahm sie ihr Portemonnaie und ihre Jacke, klemmte den Beutel unter den Arm und verließ den Waschsalon.

Sie begann zu rennen, rannte den Bürgersteig entlang, entfernte sich immer weiter von ihrer Waschsaloninsel, bis sie sich außer Sichtweite glaubte. Dann lief sie langsamer. Sie war außer Atem, ihr ganzer Körper pochte und die nasse Wäsche tropfte aus dem dünnen Stoffbeutel.

Ein Bus schwenkte in die Haltebucht ein paar Meter weiter ein. Mit ihm wäre sie schneller zu Hause gewesen, aber der Gedanke daran, um diese Uhrzeit mit anderen Menschen dicht gedrängt zu stehen, von ihnen gestreift oder angerempelt zu werden, schnürte ihr die Kehle zu.

Sie setzte ihren Weg zu Fuß fort, bog in die Fußgängerzone, ihr Atem hetzte, ihre Schritte eilten, die Menschen wurden zu unklaren Umrissen, die Häuser wankten, alles erschien ihr unwirklich, *es ist doch nichts,* hörte sie Frau Kramer-Michels sagen, aber sie spürte, wie es in ihr aufstieg, dieses Gefühl, wie es durch ihren ganzen Körper zog und sie so sehr einnahm, die Umrisse in der Fußgängerzone, die vielen Körper, ihre Schritte, ihr Atem, sie wollte weg, einfach nur weg, die Umgebung verschwamm, das Gefühl in ihrem Körper, ihr Atem, was sollte sie tun, *das Gummiband,* hörte sie Frau Kramer-Michels sagen, *das Gummiband.*

In einer Seitenstraße blieb sie stehen, versuchte ruhig zu atmen und tastete nach ihrem linken Handgelenk. Das Gummiband. Sie zog daran, ließ es auf ihr Innenhandgelenk schnalzen, dort, wo man seinen Puls spürte, sie ließ es peitschen, da war er, der Schmerz, sie zog noch einmal daran, das Gummi zischte auf ihre Haut, es tat weh und der Schmerz holte sie langsam zurück in die Realität.

Die Umrisse der anderen wurden zu Fußgängern, die Häuser standen still, ihre Gedanken wurden wieder klarer. Es ist alles gut. Undine berührte den Schmerz auf ihrem Innenhandgelenk und atmete tief durch.

*Ganz ruhig, es ist alles gut.*

Sie wollte nach Hause. Den klatschnassen Wäschebeutel drückte sie an sich und machte sich auf den Weg. Sie wählte weniger frequentierte Straßen, ihr Atem normalisierte sich, sie spürte ihre Schritte auf den Gehwegplatten.

An der Wupperbrücke überquerte sie diesen grässlich schmalen Fluss, der sich durch das Tal schlängelte. Undine mochte die Wupper nicht. Sie war dicht gesäumt von Industrie- und Wohnbauten und wurde von den krakenartigen Armen des Schwebebahngerüstes bewacht; alles war so eng, dass sie manchmal Angst hatte zu ersticken. Aber dann sagte Undine sich, dass die Wupper in den Rhein und der Rhein in die Nordsee floss – somit also das Wasser dieses schäbigen Flusses bald ein Teil des weiten Meeres würde und das beruhigte sie.

Erleichtert schloss sie die Wohnungstür hinter sich zu, ließ ihren Blick über das blaue Sofa unter der Dachschräge schweifen, über die Regale mit den Kerzen und Glasschalen voller Muscheln, über die ordentlich gefaltete Tagesdecke mit Fischmuster auf ihrem Bett, über das Nordseebild an ihrer Wand. Hier war ihr Reich, ihr blaues Reich, in dem alles seine Ordnung hatte und das nur ihr gehörte.

Fritjof hatte ihr damals beim Umzug geholfen und sie danach noch zwei- oder dreimal besucht. Und einmal hatte ihr Kollege ihr einen Schlüssel vorbeigebracht. Sonst hatte Undine nie Besuch gehabt und das war gut so.

Der Wäschebeutel triefte. Sie stellte den Wäscheständer vor den Gasofen in der Küche und hängte sorgfältig ihre nasse Kleidung auf. Dabei spürte sie den Blick des kleinen Mädchens von der Seite. Diesen Blick, der immer etwas fragend war aus den großen braunen Augen, in denen, wenn man genau hinsah, eine tiefe Traurigkeit wohnte. Das Mädchen war eigentlich in einem Alter, in dem man den Kindergarten besuchte, aber es ging nicht in den Kindergarten. Stattdessen hing es in einem blauen Rahmen an der Wand. Undine war, als ob sie der Blick des Mädchens in die Seite steche, und sie drehte ihren Kopf zu den traurigen Augen.

Das Wohnzimmersofa der Großeltern war aus einem Stoff, der beinahe borstig war. Er kratze an den Beinen, wenn Undine im Sommer kurze Kleider trug. Einmal rutschte sie mit den nackten Beinen so lange auf dem Sofa hin und her, bis die Unterseite ihrer Schenkel ganz rot gescheuert war. Die Großmutter schimpfte.

Manchmal versuchte Undine, mit ihren Fingern Furchen durch die Sofaborsten zu ziehen, und hatte bald herausgefunden, dass man gegen den Strich zeichnen musste, damit die Furchen sichtbar wurden. Dieses Sofa war aber nicht nur das Borstensofa, nein, es war auch das Märchensofa und dafür liebte sie es. Immer wieder schob sie der Großmutter erwartungsvoll das Märchenbuch zu und immer wieder wollte sie das eine Märchen – und nur das – hören. Die Großmutter setzte seufzend ihre Brille auf und begann zu lesen. Undine schmiegte sich an ihre Schürze, in der sich kleine Fettspritzer und die Mittagessensdämpfe der letzten Tage verfangen hatten. Der vertraute Großmuttergeruch vermischte sich mit ihrem geliebten Märchen und breitete sich aus. Wenn sie den Worten der Großmutter lauschte, war das Borstensofa auf einmal nicht mehr interessant, dann war Undine in einer Welt, deren Bewohner keine Borstensofas brauchten.

*Weit draußen im Meer ist das Wasser tiefblau wie die Blätter der schönsten Kornblume und so klar wie das reinste Glas. Aber es ist sehr tief, tiefer als irgendein Ankertau reicht. Viele Kirchtürme müssten aufeinandergestellt werden, um vom Meeresgrund bis über das Wasser zu reichen. Dort unten wohnt das Meervolk.*

Da gibt es keineswegs nur nackten, weichen Sandboden. Dort wachsen vielmehr die sonderbarsten Bäume und Pflanzen, deren Stängel und Blätter so biegsam sind, dass sie sich bei der kleinsten Bewegung des Wassers rühren, gerade als ob sie lebten.

An der tiefsten Stelle liegt das Schloss des Meerkönigs mit Mauern aus Korallen, spitzen Fenstern aus allerklarstem Bernstein und einem Dach aus Muschelschalen, die sich öffnen und schließen. Das sieht herrlich aus, denn in jeder Muschel liegen schimmernde Perlen.

Undine konnte den Märchentext noch heute auswendig. Wunderbar sah das große achteckige Aquarium im Zoo leider nicht aus. Irgendwelche Kinder hatten an die Scheibe gepatscht und sie hatte immer viel damit zu tun, das Glas wieder sauber zu kriegen.

Der Malaiische Gabelbart und der Gepunktete Barramundi schwammen friedlich ihre Runden, während Undine den Schwamm über das Glas führte und mit dem Leder hinterherging. Sie mochte den Gabelbart mit seinen großen Schuppen und den zwei kurzen Barteln an seinen dicken heruntergezogenen Lippen, die ihn immer etwas traurig aussehen ließen. In Asien galt der Gabelbart als Glücksbringer. Der Barramundi gehörte zu den Riesenbarschen und ihr gefielen seine silbrig schimmernden Schuppen mit den feinen, kaum sichtbaren Punkten.

Undine war sich sicher, dass die Fische das Meer nicht vermissten. Sie wurden schließlich extra gezüchtet. Und wie sollte man etwas vermissen, das man nicht kannte?

Ein paar Wasserwechsel wollte sie heute noch schaffen. Wasserwechsel machte sie lieber, als die Scheiben zu putzen. In den Hinterräumen hörte man zwar die Zoobesucher, aber man sah sie nicht und so empfand Undine es dort trotz der Besuchergeräusche, die von den Aquarien hinüberdrangen, als ruhig. Die Becken hinter den Kulissen, die den Nachwuchs, besondere Arten oder auch kranke Fische beherbergten, mochte sie am liebsten, weil nur sie und der andere Tierpfleger Zugang dazu hatten. Das gab ihr ein Gefühl der Exklusivität, auch wenn die Hinterräume des Aquariumhauses eng und voll von Technik waren.

Dem Gelben Kaninchenfisch ging es besser, er hatte ihr Sorgen gemacht, aber in ein oder zwei Tagen würde sie ihn ins Schauaquarium zurücksetzen können. Sie beobachtete eine Weile den Picasso-Drückerfisch, der sie mit seinen gelben Lippen und den abstehenden Kugelaugen immer wieder faszinierte.

Schließlich nahm Undine den Gummischlauch, hielt ihn in eines der Becken, saugte das andere Ende mit dem Mund an, bis das Wasser durch den Schlauch strömte, wirbelte im Aquarium den Sand auf und hielt das Schlauchende über den Abfluss. Etwa ein Drittel des Wassers saugte sie ab, dann steckte sie den Schlauch an die Wasserleitung und ließ neues Wasser ins Aquarium laufen, bevor das nächste Becken dran war. Auch dort wieder: Wasser absaugen und neues einfüllen.

Wasserwechsel waren ein bisschen wie Ebbe und Flut. Undine liebte die Gezeiten. Die Ebbe, die den Meeresboden sichtbar machte, und die Flut, die sich zweimal am Tag wieder schützend darüberlegte und den Grund unter sich verbarg.

Das Becken war fast gefüllt. Undine warf einen Blick auf ihre Armbanduhr, die sie immer rechts trug, und erschrak. Schnell drehte sie das Wasser ab und lief zum Schrank, wo sie Gummistiefel und Arbeitskleidung gegen Jeans und Turnschuhe tauschte, bevor sie durch den Zuliefereingang des Zoos Richtung Bushaltestelle verschwand.

Adrian hatte kein schlechtes Gewissen. Es war zwar nicht das erste Mal, dass er den Dienstag geschwänzt hatte, aber weder die Shakespeare-Vorlesung noch das Seminar über »Syntactic Problems of English« hielt er für so weltbewegend, dass es sich lohnte, dafür in die Uni zu fahren. Er hatte ein bisschen auf der Leinwand rumgekleckst, war damit jedoch gar nicht zufrieden – so würde das nie etwas mit seinem Traum und dann müsste er doch Lehrer werden. Er konnte sich nicht richtig auf das Malen konzentrieren, ging ihm doch die seltsame Frau, der er am Tag zuvor im Waschsalon begegnet war, nicht aus dem Kopf.

Undine hieß sie, Undine Wellhäuser. Das stand zumindest in dem Buch, das sie auf der Waschmaschine vergessen und das er mitgenommen hatte. Irgend so ein Buch über Fische aus Westafrika. Sehr speziell auf jeden Fall. Er hatte eigentlich schon gestern versuchen wollen, ihre Nummer herauszufinden, um ihr Bescheid zu sagen, dass ihr Buch bei ihm war, aber dann hatten Hannes und Tom angerufen und ihn zu einer Spontan-Party in ihre WG eingeladen. Es war recht nett gewesen, das Übliche halt: viel getrunken, geraucht und rumgealbert. Er war erst spät oder besser gesagt früh am Morgen nach Hause gekommen. Den ganzen Vormittag hatte er geschlafen. Und dann hatte er beschlossen zu malen, schließlich wollte er die Malerei-Übung dieses Semester gut bestehen.

Unentschlossen stand Adrian vor seinem Bild. Das Telefon klingelte. Er legte den Pinsel aus der Hand und meldete sich. Es war seine Mutter.

Sie sagte, sie habe den Schneiders von nebenan erzählt, dass Adrian jetzt fürs Lehramt studiere, und Richard Schneider finde das ganz toll. Adrian seufzte lautlos, ging mit seinem Telefon zurück zur Staffelei und begutachtete sein Bild.

Seine Mutter quasselte. Wenn Adrian das nächste Mal nach Hause komme, solle er doch unbedingt mal beim Richard Schneider vorbeigehen, der habe bestimmt noch ein paar pädagogische Tipps für Adrian. Überhaupt, er sei ja schon so lange nicht mehr bei seinen Eltern gewesen und selbst Maxi, der Fox-Terrier, vermisse ihn schon.

Adrian nahm seinen Pinsel und trug etwas Rot am unteren Bildrand auf. Das Bild war nicht ausgewogen, dort fehlte eine warme Farbe.

Die Stimme seiner Mutter wurde vorwurfsvoll. Wieso er eigentlich Tante Gundula nicht zum Geburtstag gratuliert habe, die sei doch seine Patentante und da könne er doch mal dran denken, dann hätte die sich auch gefreut.

Adrian wollte etwas sagen, doch seine Mutter ließ ihn gar nicht zu Wort kommen. Der Stiefsohn von Tante Gundula, der Patrick, der sei jetzt übrigens schon mit dem Studium fertig, der sei ja auch in Adrians Alter, und der sei richtig fix gewesen, da könne man nur hoffen, dass der jetzt auch einen guten Job bekomme.

Adrian trug das Rot noch deckender auf.

Aus dem Hörer drang der Redeschwall seiner Mutter. Apropos Job, ob Adrian sich denn jetzt mal einen vernünftigen Nebenjob gesucht habe, diese Gelegenheitsjobs, das sei doch nichts für ihn, er solle lieber mal Nachhilfe geben, das sei bestimmt auch gut für später, wenn er dann vor einer Klasse stünde.

»Du, Mama, ich hab gleich noch ein Seminar und muss los, sonst komme ich zu spät.«

Das verstand sie und Adrian brachte halb genervt, halb erleichtert das Telefon zur Station zurück.

Er ging zu seiner Anlage, legte die »Human Clay«-CD von *Creed* ein und drückte auf Play. Sein klecksiges Bild starrte ihn vorwurfsvoll an. Wieso konnte man nicht einfach nur Student sein, ein bisschen Uni, ein bisschen malen, ein bisschen feiern und das Leben genießen? Seine Mutter lag ihm ständig mit dem Studium in den Ohren, hoffte darauf, dass er nun Lehrer werden würde, einen sicheren Job bekäme, verbeamtet würde, so als könne sie dann endlich einen Haken setzen und sich selbst beglückwünschen, seine Erziehung erfolgreich beendet zu haben.

Dabei wollte Adrian die Welt erst mal auf sich wirken lassen, das neue Jahrtausend war gerade einmal drei Jahre alt und es gab so viel zu entdecken und erleben, so viel, was ihn inspirierte, was es zu malen gab, so viele Ideen. Er hatte keinen festen Plan, er wollte sich einfach ein bisschen treiben lassen, kreativ sein und wenn er in zehn Jahren dann doch als Lehrer arbeiten würde, dann wäre das eben so.

Er tauchte seinen Pinsel ins Cyanblau. Dabei fiel ihm die Frau aus dem Waschsalon wieder ein. Undine. Er wollte doch die Auskunft anrufen. Aber er konnte sich nicht so recht dazu durchringen.

Diese Undine – überhaupt schien ihm das ein komischer Name zu sein – war irgendwie seltsam abweisend gewesen und auf seine Gesprächsversuche gar nicht so richtig eingegangen. Was, wenn sie am Telefon genauso sein würde?

Er wusste nicht einmal, was ihn dazu gebracht hatte, das Gespräch mit ihr zu suchen, nachdem sie schon beim Geldwechsel den Mund nicht aufgekriegt hatte. Sie hatte so anmutig auf der Waschmaschine gesessen, irgendwas an ihr hatte ihn angezogen, er hatte ja sowieso auf seine Wäsche warten müssen, sie beide waren die Einzigen im Waschsalon gewesen, war es da so abwegig, ein Gespräch zu beginnen? Vielleicht hätte sie ihm ja sogar geantwortet, doch dann hatte sein Handy alles kaputtgemacht und sie war auf einmal weg gewesen. Er wusste nicht warum, aber er wollte sie wiedersehen. Adrian legte seinen Pinsel beiseite, wusch sich die Hände und wählte dann die Nummer der Auskunft.

Undine stand vor der Tür, vor der ihr immer ein bisschen bange wurde, und klopfte. Von drinnen erklang ein »Herein!« und sie betrat den Raum. Frau Kramer-Michels saß hinter ihrem Schreibtisch und sah auf.

Undine versuchte, ihrem Blick auszuweichen. »Tschuldigung, ich musste länger arbeiten und hab dabei die Zeit vergessen.« Hoffentlich würde sie ihr gleich nicht ein Gespräch über das Zeit-Vergessen aufzwingen.

»Setzen Sie sich bitte«, sagte Frau Kramer-Michels und Undine setzte sich auf den Stuhl, auf dem sie immer saß. Sie hasste die Sekunden, bis das Gespräch begann, das waren immer die schlimmsten. Frau Kramer-Michels nahm auf dem anderen Stuhl Platz und dann folgte wieder dieser Kampf, bis sie mit dem Reden begannen.

Jedes Mal wartete sie ab, ob Undine nicht doch den Anfang des Gesprächs machen wollte, und jedes Mal erschienen Undine, die gar nicht daran dachte, etwas zu sagen, ohne gefragt zu werden, diese Sekunden wie eine Ewigkeit. Ihr Blick streifte den Beistelltisch mit der Kerze, die Frau Kramer-Michels nie anzündete, daneben die Vase, manchmal mit frischen Nelken, einmal waren es auch Tulpen gewesen. Das Miró-Plakat im Rahmen an der Wand. Die Zimmerpflanze. Dahinter ein paar Decken und Kissen in der Ecke. All das hatte sie sich inzwischen genau eingeprägt während der regelmäßigen Kämpfe um den Anfang.

Heute starrte sie gebannt auf die Muster im Teppich und knibbelte an ihren Fingern, bis Frau Kramer-Michels endlich den erlösenden Satz sprach: »Wie geht es Ihnen?«

Undine erzählte wie immer irgendetwas Belangloses von den Fischen im Zoo, von ihren Schwimmbadbesuchen und dass sie sich eine blaue Tischdecke für ihren Wohnzimmertisch gekauft hatte. Sie wusste, dass Frau Kramer-Michels das nicht hören wollte. Aber sie wollte dieser Frau nicht von dem Blick des kleinen Mädchens erzählen und auch nicht von ihren Gedanken. Sie sah auch keinen Grund, davon zu erzählen, schließlich kannte Frau Kramer-Michels ja ihre Akte. Deshalb gab diese nach ein paar Rückfragen auch meistens auf und fand sich offensichtlich damit ab, dass Undine die wichtigen Themen umging. Dann folgte noch ein forschender Blick, vielleicht in der Hoffnung, dass ihre Klientin doch noch einmal zu reden beginnen würde. Aber Undine schwieg und so schlug sie eine Übung vor.

»Okay, ich hatte mir für heute noch eine Traumreise überlegt. Ist das in Ordnung für Sie?«

Undine nickte. Zwar hasste sie diese Übungen, aber wenigstens musste sie dabei nicht reden. Sie folgte den Anweisungen von Frau Kramer-Michels, holte sich aus der Ecke eine Matte und breitete sie auf dem Boden aus.

»Legen Sie sich bitte auf den Rücken«, sagte Frau Kramer-Michels, während sie sich selbst ein Sitzkissen nahm und sich mit etwas Abstand neben ihr platzierte.

»Dann schließen Sie bitte die Augen.« Undine folgte der Anweisung.

Plötzlich alles dunkel. Schwarz. Und sie wusste nicht, was los war, und sie hatte Angst und da stimmte etwas nicht. Und alles war schwarz.

Undine öffnete die Augen. »Ich kann so nicht liegen, das geht nicht. Darf ich mich nicht anders hinlegen?«

»Legen Sie sich so, wie es Ihnen bequem ist.«

Undine legte sich auf die Seite, zog ihre Beine an und krümmte sich zusammen. Sie drückte sich ganz fest an den Boden. Wie ein Embryo lag sie da

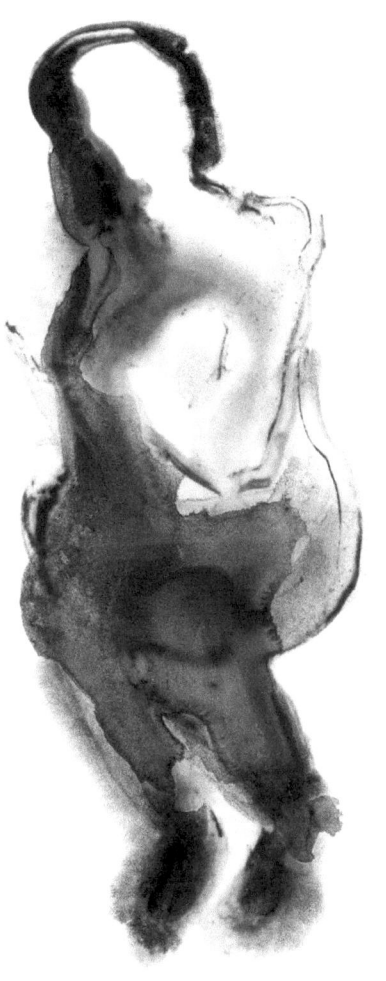

und Frau Kramer-Michels blickte sie forschend an.

»Was war da gerade los?« Sie sprach ruhig, aber in ihrer Stimme hörte Undine auch etwas Strenges und sie wusste, dass sie diese Frage beantworten musste.

»Ich ... ich habe mich so ungeschützt gefühlt«, sagte sie beinahe flüsternd.

Frau Kramer-Michels musterte ihre Klientin. »War das ein bekanntes Gefühl?«

Undine lag immer noch da, zusammengekrümmt und an den Boden gepresst. Bewegungslos. Sie starrte ins Leere und schwieg. Wenn sie sich genug an den Boden drückte, würde ihr Körper ganz flach werden. Sie konnte sich ihren Körper so flach denken wie den Boden. Dann konnte man über sie gehen, ohne dass sie es spürte.

Undine sprang ins Becken. Das Wasser war kühl, aber es tat gut. Sie schwamm ein paar Bahnen, dann tauchte sie auf den Grund. Sie konnte lange tauchen und dort unten war sie am liebsten, wo man vom Wasser umschlossen war und beinahe in einer anderen Welt. Nach der Übung bei Frau Kramer-Michels war sie froh, eine Weile abtauchen zu können. Sie versuchte immer, so kurz wie möglich an der Wasseroberfläche Luft zu holen und dann so lange wie möglich unter Wasser zu schwimmen, Rollen und Drehungen zu machen. Während sie tauchte, stellte sie sich vor, dass die alten Herrschaften, die über ihr badebemützt und behäbig ihre Bahnen zogen, Quallen seien. Manchmal sahen sie auch tatsächlich so aus. Die Sportler, die elegant und zügig ihre Bahnen schwammen, waren große Fische, gelegentlich auch Delfine. Und die kleinen Kinder, die gerade schwimmen lernten, waren Krebse.

Und sie selbst schwamm dort unten, wenn die Sprungtürme gesperrt waren, auch noch tiefer; und sie war dort die Einzige, denn der Druck beim Tauchen störte sie nicht.

Später gesellte sie sich zu den großen Fischen und kraulte noch ein paar Bahnen an der Wasseroberfläche, bevor sie zurück an Land musste.

Fritjof hatte ihr damals das Schwimmen beigebracht. Er kam immer in den Sommerferien zu den gemeinsamen Großeltern, bei denen Undine lebte. Zwar war er zehn Jahre älter, doch er kümmerte sich gerne um seine Cousine.

Für Undine war es die schönste Zeit im Jahr. Die Großmutter backte Kuchen, wenn Fritjof kam, und gemeinsam richteten sie das Zimmer her, in dem er schlafen sollte. Fritjof brachte sein Akkordeon mit. Abends saßen sie zusammen und Fritjof spielte. Seine Musik füllte das ganze Haus, drang hell und klar in alle Räume. Undine und die Großmutter klatschten begeistert, nur der Großvater hatte nichts für das Schifferklavier übrig.

Alles war freundlicher und das Leben war schön, wenn Fritjof zu Besuch war. Schlimme Dinge passierten in diesen Wochen nie.

Fritjof und Undine fuhren mit dem Fahrrad zur nahegelegenen Küste. Bei Ebbe liefen sie gemeinsam durchs Watt, auch wenn die Großmutter hinterher über die dreckige Kleidung schimpfte. Und bei Flut brachte Fritjof seiner Cousine das Schwimmen bei. Er zeigte ihr, wie man sich von den Wellen tragen lässt, aber auch, dass das abfließende Wasser gefährlich werden kann. Fritjof brachte ihr bei, wie man Brust und Kraul schwimmt und später den Schmetterling, den er jedoch selbst nur halbwegs beherrschte. Und sie übten, wie man möglichst lange tauchen und mit seiner Luft auskommen konnte.

Die Nordseesommer mit Fritjof waren neben den kurzen Besuchen ihres Vaters das Schönste für Undine.

Als Undine ihre Wohnung betrat, hatte sie schon so ein seltsames Gefühl. Irgendetwas stimmte nicht. Sie schaltete das Licht an und ihr Blick fiel sofort auf das blinkende Gerät neben dem Telefon. Undine erschrak.

Es sprach nie jemand auf ihren Anrufbeantworter. Fritjof hasste solche Geräte und ihr Kollege rief normalerweise auch nicht an. Und bei Frau Kramer-Michels war sie schließlich gerade erst gewesen. Sie wusste nicht, wer sie sonst anrufen sollte.

Vorsichtig näherte sie sich dem grünen Blinklicht und drückte zögerlich die Wiedergabetaste.

»Ja hallo, hier ist Adrian. Ich bin der aus dem Waschsalon.« Undines Herz pochte, das Pochen breitete sich aus, ihr ganzer Körper wurde zu einem einzigen Pochen, raste. Sie drückte ihre Fingernägel in die Handballen, bis es schmerzte. »Du hast dein Buch da vergessen, aber ich hab's mitgenommen.«

Ihre westafrikanischen Buntbarsche! Sie starrte auf das graue Gehäuse des Geräts, auf die kleinen Löcher, die Poren, aus denen diese Stimme drang, in ihre Wohnung drang und in ihren Kopf.

»Jetzt müssen wir nur sehen, wie du es wiederbekommst. Ich schlag einfach mal vor ... wie wäre es morgen ... sagen wir 13 Uhr? Wir könnten uns am Laurentiusplatz treffen, ich bin da morgen in der Nähe.«

Treffen? Hatte er Treffen gesagt? Nein, nein, das ging nicht.

»Wie wäre es mit der Treppe vor der Kirche? Vielleicht da, da sieht man sich leicht. Also, ich würde sagen, ich warte einfach morgen da. Falls dir das nicht passt, kannst du mich ja noch anrufen, meine Telefonnummer ist 2353735 – und ich heiße Adrian, Adrian Berger. Also dann, vielleicht bis morgen.«

Undine starrte auf den Anrufbeantworter. Entsetzt. Sie hätte die Nachricht gerne zurück in die Lautsprecherporen gestopft, dorthin, wo sie hergekommen war. Aber die Nachricht ließ sich nicht zurückstopfen, sie stand im Raum, hartnäckig, war in ihre Ohren gedrungen, in sie selbst gedrungen. Sie hätte ihr Buch nicht liegen lassen oder ihren Namen nicht hineinschreiben dürfen, schoss es ihr durch den Kopf. Jetzt hatte dieser Typ ihr Buch und ihre Telefonnummer. Das war zu viel.

Undine setzte sich auf ihre Matratze. Sie schlug die Tagesdecke mit dem Fischmuster zurück und nahm die blaue Bettdecke darunter in den Arm, als wäre diese ein vertrautes Lebewesen. Weich war die Steppdecke und hatte etwas Tröstliches. Sie fühlte sich gut an in ihrem Arm, nicht so wie die Federbetten früher, in denen die Federn immer an das Fußende rutschten und oben nur der dünne Bettbezug blieb, der sie frieren ließ. Das tröstliche Bettwesen schmiegte sich an sie, es war einfach da, weich und geduldig, ohne eine Gegenleistung einzufordern.

Undine blickte ins Leere. Sie spürte, wie es in ihrem Magen drückte, wie sie versuchte, tief durchzuatmen, es ihr aber nicht gelang, weil der Atem irgendwo unterwegs steckenblieb. Wie sie unruhig wurde und auch das geduldige Bettwesen nicht mehr half. Sie wollte ihr Buch auf jeden Fall wiederhaben. Schließlich konnte sie ihre westafrikanischen Buntbarsche nicht im Stich lassen. Sie musste morgen dorthin. Sie musste.

Als sie sich ausmalte, dass sie am nächsten Tag auf dem großen Platz auf diesen Adrian warten würde, wurde sie ganz nervös. Sie merkte zu spät, dass sie sich vollkommen in Gedanken ihr Muttermal am Hals mal wieder blutig gekratzt hatte. Sie wollte ein Taschentuch holen und öffnete den Schrank. Dabei fiel ihr ein kleiner Modell-Lastwagen entgegen. Sie dachte an ihren Vater. Er hatte ihr zuletzt nicht mal mehr zum Geburtstag geschrieben.

*Der Meerkönig war seit vielen Jahren Witwer, und seine alte Mutter führte ihm den Haushalt. Sie war eine kluge Frau und stolz auf ihren Adel, deshalb trug sie immer zwölf Austern auf dem Schwanz, während die anderen Vornehmen nur sechs tragen durften. Sonst verdiente sie großes Lob, besonders, weil sie ihre Enkelinnen, die kleinen Meerprinzessinnen, sehr liebte. Es waren sechs schöne Kinder, aber die Jüngste war die Schönste von allen, ihre Haut war so klar und fein wie ein Rosenblatt, ihre Augen waren blau wie der tiefste See. Aber ebenso wie all die Anderen hatte sie keine Füße, der Rumpf endete in einem Fischschwanz.*

Die Großmutter war eine gute Vorleserin und Undine hörte ihr gerne zu, wenn sie es sich mit dem Märchenbuch auf dem Borstensofa gemütlich gemacht hatten. Der Sessel, in dem der Großvater saß, hatte keine Borsten. Der Großvater las Zeitung, zog zwischendurch die Nase hoch, schnaubte und murmelte unverständliche Kommentare zu dem Gelesenen vor sich hin. Undine verstand nicht, warum er etwas las, was ihm eigentlich gar nicht gefiel und worüber er sich nur aufregte. Einmal fragte sie ihn, ob er ihr aus der Zeitung vorlesen würde.

»Das ist nichts für Kinder!«, fuhr er sie an und Undine nahm daraufhin ihr Märchenbuch und machte sich auf die Suche nach der Großmutter.

Aber oft hatte die Großmutter keine Zeit, ihr vorzulesen, dann ging sie zu ihren älteren Schwestern, den kleinen Meerprinzessinnen. Undine versteckte sie in ihrem Kleiderschrank, denn niemand durfte wissen, dass sie noch Schwestern hatte, mit denen sie spielen konnte. Der Großvater durfte nichts davon erfahren und die Großmutter auch nicht. Von ihrem Kleiderschrank aus gab es einen unterirdischen Tunnel, der direkt in die Nordsee führte und den die Meerprinzessinnen im Winter nutzten. Im Sommer, wenn Undine hinaus durfte, traf sie ihre Schwestern am Strand. Die fünf waren immer für sie da und Undine hätte nicht gewusst, was sie ohne sie tun sollte.

Wenn Fritjof während der Ferien zu Besuch war, schwammen sie meist für mehrere Wochen aufs Meer hinaus und kamen erst wieder, wenn ihr Cousin abreiste.

*Sie war ein sonderbares Kind, still und nachdenklich. Während sich die anderen Schwestern mit den merkwürdigsten Sachen schmückten, wollte sie außer den rosenroten Blumen, die der Sonne dort oben glichen, nur die Marmorstatue eines hübschen Knaben haben, die auf den Meeresgrund geraten war. Neben die Statue pflanzte sie eine rosenrote Trauerweide, deren Zweige bis auf den blauschimmernden Sandboden reichten.*

Undine saß auf der Treppe der stattlichen Laurentiuskirche und wartete. Sie kam sich blöd vor. Mit ihrer Jeans und der blauen Jacke hob sie sich viel zu stark von der lachsfarbenen Kirche ab. Und dann noch auf so einem großen Platz. Sie versuchte, ruhig zu atmen, ihren Atem zu kontrollieren, damit er ihr nicht entglitt. Es gelang ihr nur halbwegs.

Auf den Bänken unter den Bäumen saßen überall Menschen, sogar die Cafébesitzer hatten bei den ersten Frühlingssonnenstrahlen ihre Stühle und Tische hinausgestellt, ein paar Eilige liefen quer über das Katzenkopfpflaster und sie saß alleine vor dem großen Portal dieser Kirche, die den Mittelpunkt des Platzes bildete. Die anderen Häuser richteten sich nach der Kirche aus, alles strebte auf sie hinzu, sodass es Undine erschien, als sei sie selbst in den Mittelpunkt der Aufmerksamkeit gerückt worden.

Sie fühlte sich beobachtet.

Nicht, dass sie den Platz an sich nicht mochte – die alten herrschaftlichen Häuser hier waren prächtig und die klassizistische Kirche hob sich stolz über die Dächer hinweg. Aber hier waren zu viele Cafés, zu viele Menschen im Sommer wie im Winter, ein ständiges Beobachten und Beobachtetwerden.

Sie starrte auf die Fugen des Katzenkopfpflasters vor der Kirche. Wenn sie sich doch jetzt einfach dünn machen und darin verschwinden könnte. Vielleicht gab es unter dem Pflaster eine Parallelwelt, in der sie sich verstecken könnte, und wenn dieser Adrian käme, könnte er ihr Buch einfach durch die Pflasterfuge reichen. Dann müsste sie nicht auf dem Platz vor der Kirche …

In diesem Moment kam er.

Adrian sah Undine schon von Weitem auf der Treppe sitzen. Sie saß nicht so locker wie vor ein paar Tagen im Waschsalon, aber hübsch war sie immer noch. Und sie war gekommen. Er überquerte den Platz, der sein Lieblingsplatz war mit den vielen Kneipen und dem italienischen Flair.

»Hallo, wartest du schon lange?« Adrian setzte sich neben Undine und konnte aus den Augenwinkeln sehen, wie sie den Kopf schüttelte. Er kramte in seinem Rucksack. »Hier, dein Buch.«

»Danke.« Sie nahm es ihm aus der Hand.

Immerhin, sie konnte offensichtlich sprechen, stellte Adrian erleichtert fest.

Er deutete auf das Buch. »Interessierst du dich für Fische?«

»Ja, ich arbeite im Aquarium.«

»Im Aquarium?«

»Im Zoo.«

»Ach so.«

Deshalb also dieses spezielle Themengebiet. Undine schien schüchtern zu sein. Sie saß angespannt da und sagte nichts. Adrian schielte auf ihre kunstvoll hochgesteckten Haare und das Profil ihres schmalen Gesichtes.

Undine schwieg, starrte auf das Katzenkopfpflaster vor ihren Füßen. Von ihr konnte Adrian keine Initiative erwarten. Aber die Chance musste er nutzen. Sie konnten nicht nur schweigend nebeneinandersitzen, gleich würde sie aufstehen und gehen. Und so eine attraktive Frau konnte er doch nicht einfach gehen lassen.

»Hättest du vielleicht Lust, noch irgendwo einen Kaffee trinken zu gehen?« Bitte sag ja, dachte Adrian, ich schwänze zur Not auch die Kunstgeschichtsvorlesung für dich.

Undine sprang auf. »Ich ... ich hab noch einen Termin ... Aber danke für das Buch.«

Ehe Adrian etwas sagen konnte, hatte Undine ihm schon den Rücken zugedreht, überquerte den Platz und verschwand in einer Seitenstraße. Adrians Blick folgte ihr. Warum war sie so hastig aufgebrochen?

Wenigstens ein Kaffeetrinken mit ihr hatte er sich erhofft. Er hätte sie auch eingeladen in eines der Cafés auf diesem schönen Platz. Sie hätten sich einen Latte macchiato bestellen können, dazu gab es die besten Beilagenkekse. Oder einen Kakao mit Baileys.

Sie konnte ihn doch nicht einfach so sitzen lassen. Sein Blick glitt über das Katzenkopfpflaster. Eine Taube stolzierte ein paar Meter von ihm entfernt Richtung Café. Eine andere Taube lief hinterher. Die erste Taube würdigte die andere keines Blickes, sondern lief einfach immer weiter.

Na warte, dachte Adrian. Dich kriege ich schon noch.

Undine ließ die Wohnungstür hinter sich ins Schloss fallen, zog ihre Jacke aus und hängte sie an den Türhaken. Sie war außer Atem, ihr Herz pochte. Das mit dem Termin war eine Lüge gewesen. Sie musste heute nicht einmal arbeiten.

*Beruhigen Sie sich,* hörte sie Frau Kramer-Michels sagen, *es ist alles gut.* Was wusste Frau Kramer-Michels schon?

Undine ging zum Regal und holte die alte blaue Blechkiste hervor. Vorsichtig nahm sie den Deckel ab, der den Blick auf ihre Muschelsammlung freigab. Sie ging mit ihrer Nase ganz nah an die Muscheln heran, bis sie es riechen konnte, das Meer. Es roch nach nassem Sand, nach Sommern mit Fritjof, nach Salzwind und Freiheit.

Sie nahm die Muscheln heraus und betrachtete sie einzeln. Es waren die schönsten, die sie gefunden hatte, viele davon schon als Kind. Aber die prachtvollsten und am meisten glitzernden Muscheln hatten ihr die Schwestern aus dem tiefen Meer mitgebracht.

Manchmal wünschte sie sich die Schwestern herbei. Mit den Meerprinzessinnen an ihrer Seite hätte sie sich sicherer gefühlt. Sie waren damals immer für sie da gewesen.

Jetzt wohnte sie zu weit weg vom Meer, hier gab es keine unterirdischen Tunnel zwischen ihrem Kleiderschrank und der Nordsee. Seufzend legte sie die Muscheln zurück in die Kiste und stellte diese wieder ins Regal.

Kinder durften an solche Kleiderschränke glauben, Erwachsene nicht mehr. Das hatte ihr der Thera-

peut gesagt, zu dem sie vor der Zeit bei Frau Kramer-Michels gegangen war. Undine hatte ihm gegenüber auf dem Stuhl gesessen und sich gefragt, wie fantasielos dieser Mann eigentlich sei. Sie hatte sowieso nicht gerne mit ihm geredet, aber er hatte überhaupt nicht verstanden, warum man in bestimmten Situationen Meerprinzessinnen brauchte. Und warum Kleiderschränke geschützte Orte sein konnten. Dieser Mann war ihr so unsympathisch gewesen, dass sie am liebsten direkt in seiner Praxis einen Kleiderschrank gehabt hätte, um sich darin vor ihm und seinen Fragen zu verkriechen.

Dann wäre sie durch den unterirdischen Tunnel zu ihren Schwestern in die Nordsee gerutscht. Und wenn er nach ihr gesucht hätte, um die Therapiestunde zu beginnen, wäre sie längst woanders gewesen.

Ihr Blick fiel auf den Kleiderschrank neben der Wohnungstür. Natürlich gab es von dort keinen unterirdischen Tunnel zur Nordsee. Aber manchmal reichte schon die Vorstellung. Sie öffnete den Schrank, schob ein paar Kleiderbügel beiseite und setzte sich zwischen Blusen und Hosen. Meerprinzessinnen gab es hier auch nicht, aber es beruhigte sie, die Tür zu schließen und sich im Dunkeln an ihre Blusen zu lehnen. Und plötzlich war es gar nicht mehr dunkel, sondern Undine sah sehr genau die lachsfarbene Kirche vor sich auf diesem großen Platz mit den vielen Cafés.

Was bildete dieser Adrian sich ein? Vielleicht war er ja ganz nett, immerhin hatte er nach den Fischen gefragt, aber sie brauchte niemanden. Und schon gar keinen Mann. Sie kam auch sehr gut alleine klar.


Adrian hatte ein blödes Gefühl im Bauch. Es ärgerte ihn. Es ärgerte ihn, dass diese Undine einfach so gegangen war. Dass sie einen Termin gehabt hatte, glaubte er ihr nicht. Was wäre schon daran gewesen, mit ihm eine Tasse Kaffee trinken zu gehen?

Eigentlich hätte es ihm egal sein sollen. Dann eben nicht, hätte er denken müssen. Aber das dachte er nicht – er dachte an dieses Mädchen, an seine kunstvoll hochgesteckten Haare, sein schmales Gesicht, seine schüchterne Art. Er hatte das Gefühl, diese Undine wiedersehen zu müssen, doch wie sollte er das anstellen?

Die Idee kam ihm abends auf dem Weg zu Frank. Sie hatten sich zum Konzert verabredet, Frank kannte den Sänger einer Punkrockband, die in Düsseldorf spielte, und wollte Adrian mitnehmen.

Frank Sommerkorn hatte er gleich zu Beginn seines Studiums kennengelernt. Damals war er an dem Abend vor einem Sperrmüllabfuhrtag durch die Straßen gelaufen, um nach alten Möbeln für seine Wohnung zu suchen. Frank hatte gerade gut erhaltene Möbel aussortiert und vor seine Tür gestellt, sie waren ins Gespräch gekommen und schließlich hatte Frank Adrian die Möbel sogar mit seinem Auto bis nach Hause gefahren. Nach dem gemeinsamen Hochschleppen und Aufstellen hatten sie ein Bier zusammen getrunken und den halben Abend geredet.

Seitdem waren die beiden gut befreundet, obwohl Frank fünfzehn Jahre älter war als Adrian. Mit Frank konnte er auch über ernste Dinge sprechen, anders als mit seinen Kommilitonen.

Und nun hatte er überlegt, wie er Undine wiedersehen könnte. Er wusste nur ihren Namen und dass sie im Aquariumhaus vom Zoo arbeitete. Aber welcher Student ging alleine in einen Zoo? Das war doch etwas für Familien mit Kindern. Und auf dem Weg zu Frank war es ihm plötzlich eingefallen: Timo musste ihm helfen. Timo war seine einzige Chance für einen glaubhaften Zoobesuch.

Frank reparierte unten im Flur des alten Gründerzeithauses Timos Fahrrad. Er trug eine Cappy, die seine kurzen rotblonden Haare verdeckte, und drehte sich zu Adrian.

»Ich bin gleich fertig, dann können wir los. Was macht das Studium?«

Adrian setzte sich auf die Treppenstufen nach oben.

»Och ja, läuft.«

Was sollte er schon groß erzählen, er hatte ja doch das eine oder andere Mal geschwänzt. Und die meisten Englisch-Seminare waren ihm ohnehin nicht so wichtig wie Kunst. Frank hatte das Fahrrad über Kopf auf die bunten Fliesen gestellt, drehte nun prüfend das Vorderrad und kratze sich an seinem Drei-Tage-Bart. Adrians Blick fiel auf die Muster am Boden. Vielleicht waren die Mosaikplatten noch aus der Gründerzeit, dann wären sie über hundert Jahre alt, überlegte Adrian. Frank wusste das bestimmt. Aber eigentlich wollte er ihn ja etwas ganz anderes fragen.

»Du Frank, sag mal«, Adrian fuhr sich nervös durch seine Wuschelhaare, »könntet ihr am Wochenende vielleicht für einen Nachmittag euren Sohn entbehren? Ihr hattet doch bestimmt schon länger keinen kinderfreien Nachmittag mehr, oder?«

Frank schien mit dem Reifen zufrieden zu sein, drehte das Fahrrad wieder um, blickte Adrian skeptisch an und begann dann zu lachen. »Seit wann interessierst du dich für Kinder?«

Adrian merkte, wie ihm die Hitze zu Kopf stieg und grinste verlegen. Er musste zugeben, dass er sich bisher Frank gegenüber nicht gerade durch ein besonderes Interesse an Kindern ausgezeichnet hatte. Wenn Frank von seinem Sohn erzählte, hörte er zwar zu, aber irgendwie war das alles noch sehr weit weg. Für Adrian waren Kinder etwas Abstraktes, das irgendwann später einmal kommen oder vielleicht auch nie in seiner Lebensplanung Platz finden würde. Darüber machte er sich jetzt noch keine Gedanken.

Frank stellte das Fahrrad an der Wand zum Keller ab und beugte sich dann mit forschendem, leicht spöttischem Blick über das Treppengeländer.

»Und wie heißt sie?«

»Wie?«

»Jetzt erzähl mir nicht, dass du freiwillig auf unseren Sohn aufpassen willst. Da steckt doch was dahinter.«

Frank kannte ihn viel zu gut. Und Adrian war schlecht darin, sich zu verstellen. Nervös strich er mit den Händen über seine Jeans.

»Okay, du hast gewonnen. Sie heißt Undine.«

»Und ist vollkommen verrückt auf Kinder?«

»Nee, sie arbeitet im Zoo.«

Frank schmunzelte. »Während ich mich gleich umziehe, kannst du gerne dein Glück bei Timo versuchen.«


Später saß Adrian gut gelaunt mit Frank in der S-Bahn nach Düsseldorf. Es hatte ihn all seine Überredungs- und Erpressungskünste gekostet, Timo zu einem Zoobesuch zu überreden. Entweder hatten Zehnjährige von heute allgemein kein Interesse mehr an Zoos oder Timo tat mit Absicht so desinteressiert. Es würde ihn neben dem Eintritts-geld zehn Euro für Timo kosten, aber immerhin hatte er nun ein Kind, mit dem er in den Zoo ge-hen konnte.

Die abenddämmernde Landschaft flog an den Zug-fenstern vorbei und Adrian fühlte sich gut. Als Frank nach Undine fragte, winkte Adrian ab. Da gab es ja noch gar nichts zu erzählen, schon der Anfang war irgendwie holprig gewesen und nun hoffte er auf eine Fortsetzung. Aber das könnte er Frank auch dann erzählen, wenn es ihm gelungen war.

Stattdessen berichtete Frank von Lloyd, seinem alten Schulfreund und Sänger der Band *Die In-nung*, die heute Abend auftrat. Lloyd habe damals zu Schulzeiten in einer anderen Band gespielt, *Die Autos* hätten die sich genannt, und da habe sogar *Junge* von *EA80* eine Zeit lang mitgespielt. Adrian musste grinsen, weil er in der Zeit, von der Frank erzählte, wahrscheinlich irgendwo zwischen Win-deln und Sandkasten gewesen war, aber bestimmt nicht auf Punkrockkonzerten, weswegen ihm die Namen auch nichts sagten.

Eine halbe Stunde später fand Adrian sich in-mitten bunt flackernder Scheinwerfer zwischen Graffiti-Wänden und wippenden und tanzenden Leuten wieder. Auf der Bühne die Band mit Franks altem Schulfreund Lloyd am Mikro, neben ihm ein Gitarrist, ein Bassist und hinten der Schlagzeuger. Sie trugen Kapuzenpullis und Hosen mit leichtem Schlag und wären ihre Haare nicht so kurz gewesen, hätten sie zum wummernden Bass durch die Gegend bangen können. Frank prostete Adrian zu, auch Adrian nippte von seinem Bier, der Nebel aus der Nebelmaschine auf der Bühne mischte sich mit dem Zigarettenrauch der Zuschauer.

*»Vom bunten lauten Leben hatte ich schon früh geträumt, eins, das man selbst bestimmt und in dem man nichts versäumt«*, sang Lloyd ins Mikro, *»ich hab mich dann auch bald an die Umsetzung gemacht, nicht wie sie zu werden erschien seinerzeit gelacht.«* Frank sang lauthals mit. Adrian nahm noch einen Schluck Bier, ließ sich von den flackernden Lichtern bescheinen, spürte die Bässe in seinem Bauch und fühlte sich gut. Adrian liebte solche Augenblicke, er liebte es, das Leben vor sich zu haben und nicht genau zu wissen, wohin es ihn führen würde, und er liebte es, deshalb einfach den Moment zu genießen ohne einen Plan für morgen.

Undine tauchte Geschirr ins Spülwasser. Sie mochte es, wenn sich mehrere Teller, Tassen, Gläser und Besteck angesammelt hatten und sie diese alle im Spülbecken versenken konnte. Wenn sie das heiße Spülwasser auf ihrer Haut spürte, am liebsten ohne Schaum, wenn sich der Schwamm voll Wasser sog und sie mit ihm über das Porzellan glitt. Nur wenn das Spülwasser zu dreckig wurde – das mochte sie nicht. Deshalb übergab sie Krümel und Essensreste vor dem Spülen akribisch dem Mülleimer.

Der Rand des blau-weißen Tellers zeigte Fische, ein weiterer Teller Muscheln. Sie gab beide ins Becken, es blubberte und dann schwammen die Fische im Wasser, die Muscheln legten sich auf den Meeresboden und Undine tauchte ebenfalls ein.

Dank ihres Fischschwanzes konnte sie mit den Fischen um die Wette schwimmen. Im Wasser fühlte sie sich geborgen und spielte ausgelassen.

Fritjof hatte sich manchmal gewundert über ihre Ausdauer. Sie konnte vom Schwimmen nie genug kriegen. Und wenn die Großmutter nicht mit dem Essen gewartet hätte, hätte sie ihren Cousin wahrscheinlich noch viel häufiger zur Ausdehnung der Schwimmzeit überredet.

Undine wünschte sich, dass Fritjof seine Ferien verlängerte, schließlich war die Zeit mit ihm immer wunderbar.

Am Ende der Sommerferien sah sie ihn jedes Mal flehend an: »Fritjof, kannst du nicht bei mir bleiben?«

»Ach, Cousinchen«, lachte Fritjof dann. »Du weißt doch, dass das nicht geht.«

Daraufhin ging sie zur Großmutter. „Kann Fritjof nicht bei uns bleiben? Ich möchte nicht, dass er nach Hause fährt."

Die Großmutter schüttelte den Kopf. „Aber Kind, seine Eltern warten doch auf ihn. Und die Schule wartet auch."

„Aber er soll nicht gehen!", rief Undine patzig.

Sie hätte den Großvater fragen können, aber der war doch froh, wenn Fritjof mit seinem Schifferklavier wieder weg war und er seine Ruhe hatte.

Deshalb versuchte sie am letzten Tag mit Fritjof am Strand noch einmal, ihn zum Bleiben zu überreden. Doch er schüttelte nur den Kopf.

»Aber vielleicht könnte ich mit dir mitkommen?«, schlug Undine vor. Fritjof hatte doch ein großes Kinderzimmer und sie brauchte nicht viel Platz.

»Dann wären Großmutter und Großvater aber sehr traurig.«

Sie schluckte und spürte, wie sich ganz viel Einsamkeit in ihr ausbreitete.

Fritjof sah sie liebevoll an, aber Undine hatte sich in die Wellen geworfen und war längst untergetaucht.

Sie musste ihre Schwestern, die Meerprinzessinnen, suchen. Bald würde sie sie wieder brauchen.

Als Adrian am Sonntagnachmittag mit Timo an der Zookasse stand, spürte er doch ein bisschen Aufregung in seinem Bauch. Hoffentlich war Undine überhaupt da.

Es war ein kühler Frühlingsanfangsnachmittag, aber es war trocken. Timo guckte gelangweilt unter seiner Cappy hervor, als sie an den Eisbären vorbei den Weg hinauf zum Aquariumhaus gingen. Eigentlich war er ein ganz süßer Junge mit seinen kurzen Haaren, den braunen Augen und Lippen, die sich leicht zu einer Schnute verziehen ließen.

Wenn Timo sich ein bisschen anstrengte, könnten sie gemeinsam einen glaubhaft zufälligen Zoobesuch inszenieren.

Adrian beugte sich zu Timo hinunter. »Okay, also noch mal: Deine Eltern haben mich darum gebeten, mit dir in den Zoo zu gehen. Du findest den Zoo ganz toll und am besten gefallen dir die Fische, alles klar?«

Timo verdrehte die Augen. »Fische sind langweilig.«

Adrian versuchte ein Lächeln. »Du tust einfach so, als ob sie dir gefallen.« Hoffentlich verpatzte ihm der Junge die Sache nicht.

Das Aquariumhaus, ein Siebzigerjahrebau am Rande des Zoos, war schon in Sichtweite.

Plötzlich blieb Timo stehen und hielt die Hand auf. »Erst die zehn Euro!«

Adrian seufzte, kramte den Schein dann aber aus seiner Tasche. »Also gut, hier hast du das Geld. Aber dafür bist du ab dieser Tür da vorne ein kleiner, braver, zoobegeisterter Junge, okay?«

Das große achteckige Aquarium war ein guter Platz, um den Raum zu überblicken. Von hier führte auf der einen Seite ein langer dunkler Raum mit beleuchteten Aquarien in den Wänden zu zwei größeren Aquarien vor End, rechtwinklig dazu gab es einen lichtdurchfluteten Gebäudeteil mit grünen Palmen, der die Reptilien beherbergte und ganz hinten in einem Becken sogar Krokodile. Ob Undine für die auch zuständig war?

Adrian hielt Ausschau nach ihr. Hoffentlich musste sie überhaupt arbeiten. Seine Hände suchten nervös in den Tiefen seiner Hosentaschen nach Halt. Sein Blick tastete immer wieder die einzelnen Aquarien ab und den Gang dazwischen. Die anderen Besucher störten ihn, denn teilweise versperrten sie ihm den Blick.

In dem achteckigen Aquarium neben ihm verfolgte ein großer heller Fisch mit Glubschaugen und nach unten gezogenen Mundwinkeln, die ihn traurig aussehen ließen, einen großen schimmernden Fisch mit schmalerem Gesicht.

Auch Timo beobachtete die beiden und hob plötzlich mit gespielter Begeisterung seine Stimme. »Tolle Fische!«

Adrian versuchte wegzuhören und ließ seinen Blick weiter durch den Raum schweifen. Aus dem Augenwinkel sah er, wie Timo seine Nase an der Scheibe platt drückte.

Seine Cappy hatte er mit dem Schirm nach hinten gedreht. Jetzt sah er noch cooler aus und grinste Adrian an. »Ich glaube, der helle Fisch da ist scharf auf den dunklen, der schwimmt immer hinter dem her. Aber der dunkle schwimmt weg. Typisch Frau!«

Adrian fuhr Timo genervt an. »Timo, kannst du mal deine Klappe halten?« Undine war immer noch nicht zu sehen.

Adrian überlegte, ob er als Zehnjähriger auch schon so abgebrüht über Dinge gesprochen hatte, von denen er nichts verstand. Er konnte sich nicht erinnern.

Timo zog eine Schnute. »Erst soll ich die Fische toll finden und dann ist es dir auch nicht recht.«

Da war sie! Da lief Undine in grüner Arbeitskleidung mit einem Eimer und einem Kescher durch die Tür. Sie sah ihn nicht.

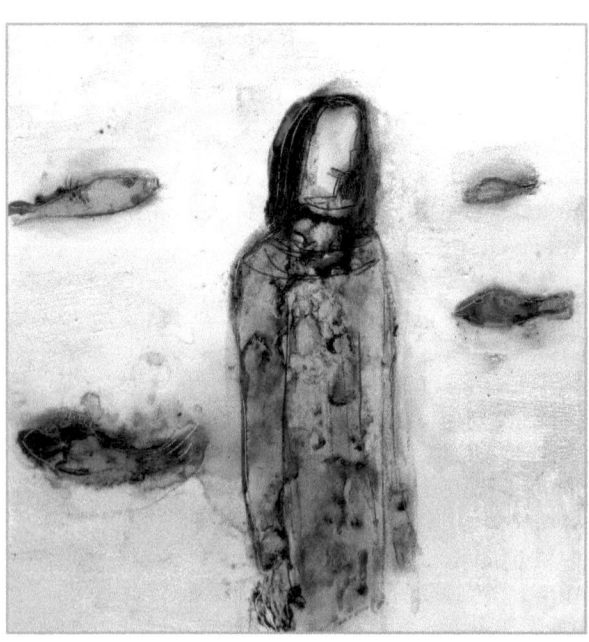

»Undine?«, rief Adrian hinter ihr her und leise sagte er zu Timo: »Und jetzt benimm dich!«

Undine drehte sich um, entdeckte Adrian, schien überrascht zu sein und kam langsam auf ihn zu. Sie hatte ein Tuch um ihre Haare gebunden, das sah schön aus. Adrian ging zwei Schritte auf sie zu und dann standen sie sich gegenüber, Undine und er, direkt vor der Scheibe des achteckigen Aquariums.

»Hallo«, sagte sie und blickte ihn mit großen Augen fragend an, bevor sie ihren Blick senkte. Diese braunen rehhaften Augen, die Tiefe in ihnen, musste er unbedingt mal versuchen zu malen.

Adrian lächelte. »Hi.«

Er hätte diesen Moment am liebsten eingefroren. Die leise Aufregung, seine Hände, die immer noch nervös in seinen Hosentaschen fingerten, das kribbelige Gefühl, Undine wiederzusehen, und das leise Verlangen, diese fast unbekannte Frau näher kennenzulernen, näher zu spüren, sie zu entdecken.

Plötzlich lief Timo mit überschwänglicher Begeisterung zwischen den beiden hindurch und patschte an die Scheibe des Aquariums. »Tolle Fische! Gibt es hier auch irgendwo 'nen geilen Hecht?« Timo blickte Adrian unschuldig an.

Vielleicht war Timo gerade in einem Alter, in dem es cool war, solche Wörter zu benutzen. Oder Timo wollte ihn einfach nur bloßstellen. Adrian versuchte, ihn zu ignorieren, und wandte sich Undine zu, die irritiert, beinahe erschrocken zu sein schien.

»Da sind keine Hechte drin«, sagte Undine leise. »Das da ist ein Barramundi und der andere ist ein Malaiischer Gabelbart.«

Timo kicherte. »Gabelbart, was für ein lustiger Name!«

Adrian rang nach Worten. Da stand Undine direkt vor ihm, Timo laberte irgendeinen Mist und es schien gerade alles aus dem Ruder zu laufen. Er musste irgendetwas sagen, sich ihr erklären, sonst wäre sie gleich verschwunden.

»Der Sohn von Bekannten. Seine Eltern haben mich darum gebeten, mit ihm in den Zoo zu gehen.«

»Hallo, ich bin Undine«, sagte sie leise.

Ihre Arbeitskleidung steht ihr, dachte Adrian.

»Undine?«, rief Timo. »So heißt doch die dumme Meerjungfrau, die auf den Prinzen reinfällt, der am Ende doch eine andere heiratet, oder?«

Undine schluckte, senkte ihren Blick, dem Adrian so gerne noch einmal begegnet wäre.

Adrian hätte Timo an die Wand klatschen können. Irgendwie hatte er das Gefühl, dass der Junge das mit Absicht tat. Nun galt es zu retten, was zu retten war.

»Er heißt Timo«, versuchte er es, »er ist ganz begeistert von den Fischen.« Sehr glaubhaft fand er sich nicht.

»Na ja, ich muss dann jetzt auch mal weiterarbeiten.« Ihre Stimme zitterte fast, sie drehte sich um, würdigte ihn keines Blickes mehr.

»Warte!« Sie darf noch nicht gehen, dachte Adrian. Nicht schon wieder weglaufen und ihn hier stehenlassen. Das durfte nicht passieren.

Undine hielt inne und wandte sich mit fragendem Blick zu ihm um.

»Wir ... wir könnten doch mal etwas trinken gehen.«

Sofort schlug sie ihre Augen nieder, wich seinem Blick aus und er hatte schon wieder Angst, dass sie wegrennen würde, aber dann sagte sie unsicher: »Ich weiß nicht.«

Das war noch keine Ablehnung und weglaufen konnte sie auch nicht so einfach, schließlich arbeitete sie hier, deshalb schob Adrian schnell hinterher: »Hast du morgen Abend schon etwas vor?«

»Nein, aber ...«

Sie hat Zeit, jubelte es in Adrian, und irgendwelche Ausflüchte wollte er jetzt nicht hören.

»Okay, wie wär's mit halb neun im *Chili*? Ich warte dort auf dich.« Bevor sie widersprechen konnte, musste er gehen. »Komm, Timo!«

»Aber ich will mir noch weiter die Fische angucken!«

Adrian nahm Timos Hand und zerrte ihn vom Aquarium weg. Undine stand sprachlos da mit ihrem Eimer und dem Kescher.

Adrian lächelte. »Also dann, bis morgen!« Eine leise Aufregung machte sich in ihm breit. Schnell zog er Timo Richtung Ausgang.

»Bis morgen«, hörte er sie hinter ihm hersagen, leise, so als würde sie den Inhalt dieser Worte noch nicht begreifen.

Ich finde, Sie sollten es ruhig mal versuchen, da heute Abend hinzugehen. Dann kommen Sie mal raus.«

Frau Kramer-Michels trug eine knallrote Jeans und Undine konnte nicht anders, als immer wieder dorthin zu starren, denn auf dem pinkvioletten Stuhlpolster sah das einfach fürchterlich aus.

Sie hatte Frau Kramer-Michels eigentlich gar nicht von diesem Adrian erzählen wollen, aber dann war es doch irgendwie aus ihr rausgesprudelt und nun wollte Frau Kramer-Michels auch noch, dass Undine die Verabredung wahrnahm.

Die verstand nicht, worum es ihr ging. Undine blickte auf den Boden, damit sie nicht mehr die rote Hose angucken musste.

»Ich habe alles dafür getan, um unnahbar zu sein, unerreichbar, und dann kommt auf einmal dieser Typ und platzt in meine Welt. Ich will nicht, dass mich ein Mann kennenlernt. Der weiß doch überhaupt nicht, worauf er sich da einlässt.«

»Sie müssen ihn ja nicht gleich heiraten. Ich glaube, dass es Ihnen einfach mal guttun würde, raus zu kommen und unter Leute zu gehen.«

Undine sagte nichts. Ihr Blick war wieder an der roten Hose hängen geblieben. Und da musste sie an ihr blaues Reich denken, ihre schützende Wohnung, dort war doch alles gut, warum sollte sie rausgehen, unter Leute gehen?

*Unter Leute gehen.* Was war das überhaupt für ein widerlicher Ausdruck? Das klang nach Körpern, die sie erdrückten, das klang überhaupt nicht erstrebenswert.

»Ich finde, Sie sollten es wenigstens mal versuchen. Und wenn es Ihnen nicht gefällt, können Sie das Treffen schließlich jederzeit abbrechen. Was meinen Sie?«

Jetzt tat Frau Kramer-Michels wieder so, als wäre sie noch an ihrer Meinung interessiert, dabei hatte sie ja doch schon längst entschieden, dass Undine dort hinging.

Undine zuckte mit den Schultern. »Ja gut, vielleicht.«

Sie spürte, wie Frau Kramer-Michels sie beobachtete. Bloß nicht zu der roten Hose gucken, dachte sie und starrte gebannt auf den Boden.

»Versuchen Sie mal, sich etwas entspannter hinzusetzen.«

Nicht schon wieder so eine Übung, dachte Undine, bemühte sich aber, ihre Sitzhaltung zu lockern. Sollte ihr Körper doch die dumme Übung machen, sie könnte ja in der Zeit an etwas anderes denken. Sich einfach wegdenken.

»Den Rücken grade ... Sie können sich ruhig anlehnen. So, und die Beine nicht zusammen und beide Füße auf den Boden.« Frau Kramer-Michels sah sie erwartungsvoll an. »Und jetzt gucken Sie mal, was Sie spüren.«

Undine hasste diese Experimente. Warum durfte sie nicht zusammengekauert sitzen, wenn sie sich so wohlfühlte?

»Und, was spüren Sie?«

Sie wollte sich wegdenken und nicht ausgefragt werden. Und spüren wollte sie sowieso schon mal gar nichts. *Unter Leute gehen.* Da war es wieder, dieses widerliche Bild mit den Körpern. Wieso dachte sie so etwas? Sie wollte sich zusammenrollen wie ein Igel, aber nicht so hier sitzen.

»Was spüren Sie?«, stellte Frau Kramer-Michels ihre Frage noch einmal ganz behutsam.

»Ich weiß nicht, es ist ungewohnt ... und auch etwas unangenehm ... so ohne Schutz.«

»Achten Sie mal auf Ihren Atem.«

Was sollte das denn nun schon wieder? Undine war diese Übung unheimlich. Was hatte Frau Kramer-Michels mit ihr vor? Das Wegdenken funktionierte nicht, sie hatte ihre Sitzhaltung gelockert und war nun mitten in der Übung. Einen Weg hinaus sah sie nicht. Locker lassen, auf den Atem achten. Sie fühlte sich unwohl. Es gelang ihr nicht, auf ihren Atem zu achten. Sie atmete sehr flach. Es war, als könnte ihr Atem ihre Lunge gar nicht erreichen. Als könnte er nur in kleinen Luftportionen bis in ihren oberen Hals dringen und weiter nicht. Als schnürte ihr jemand die Kehle zu. Plötzlich fingen ihre Lippen an zu zittern, als wäre sie kurz vorm Heulen. Ihre Augen wurden etwas feucht und sie musste sich auf die Lippen beißen, damit das Zittern aufhörte.

Frau Kramer-Michels sah ihre Klientin besorgt an. »Was ist da gerade los bei Ihnen?«

Undine versuchte, das Bild von den Körpern beiseitezuschieben, ihren Atem zu kontrollieren, das Zittern zu unterbinden. Sie war auf einmal total aufgelöst. »Ich weiß nicht. Kann ich jetzt gehen?«

»Was war da los? Wieso haben Sie gezittert?« Frau Kramer-Michels Stimme klang eindringlich und nicht so, als würde sie Undine gehen lassen. *Unter Leute gehen lassen.*

Undine biss sich auf ihre Lippen. Sie hatten aufgehört zu zittern, aber sie biss ganz fest. So fest, dass es wehtat.

»Möchten Sie mir nicht antworten?«

Undine schüttelte den Kopf.

Frau Kramer-Michels wartete, aber sie biss weiter fest auf ihre Lippen und sagte nichts. Stattdessen betrachtete sie das Teppichmuster, damit sie Frau Kramer-Michels nicht angucken musste.

Sie wusste nicht, wie lange sie so ausharrten – ihr kam es sehr lange vor, aber vielleicht war es auch nur ganz kurz. Manchmal verlor sie die Zeit so wie früher.

Endlich sprach Frau Kramer-Michels den erlösenden Satz. »Okay, machen wir Schluss für heute.«

Undine sprang auf, schnappte ihre Jacke, vergaß, Frau Kramer-Michels die Hand zu geben, und lief hinaus.

Auf der Straße merkte sie, dass ihre Lippe blutete. Sie wischte sich das Blut mit dem Handrücken ab. Es war tiefrot und Undine musste an die Hose von Frau Kramer-Michels denken.

In der Schwimmoper war heute nicht viel los. Ein paar ältere Herrschaften schwammen ihre Bahnen, kein Verein, keine Kinder. Das war Undine sehr recht. So hatte sie wenigstens genug Platz zum Schwimmen und konnte anschließend noch etwas tauchen.

Schwimmoper war der schönste Name, den man sich für ein Schwimmbad ausdenken konnte, fand Undine. Denn Wasser war manchmal wie Musik. Die Menschen schwammen sehr unterschiedlich und es klang anders, ob jemand kraulte oder Brust schwamm. Und beim Springen kam es auf die Höhe des Sprungturms an und mit welchem Körperteil man aufschlug.

Das alles erschien ihr manchmal wie eine Sinfonie. Doch sie mochte diese Sinfonie nur, wenn das Schwimmbad nicht voll war und man die einzelnen Geräusche noch voneinander unterscheiden konnte. Die schönste Musik war aber die unter Wasser. Dort hörte sich alles stumpfer und klangloser an, doch der Druck des Wassers auf den Ohren gab ihr das Gefühl, dass dies die Musik aus einer anderen Welt sei.

Sie hatte mal versucht, das mit der Musik Frau Kramer-Michels zu erklären. Die hatte sich nur blöde Notizen dazu gemacht und Undine nicht geglaubt, dass man unter Wasser Musik hören konnte. Dann hatte sie Undine gefragt, ob das Wasser eine Schutzfunktion für sie habe, und da wurde ihr klar, dass Frau Kramer-Michels rein gar nichts verstand. Sie war schließlich nicht die einzige Person, die mehrmals die Woche ins Schwimmbad ging. Frau Kramer-Michels konnte wahrscheinlich nicht richtig tauchen, sonst hätte sie gewusst, wie wunderbar es dort unten war.

*Wenn die Schwestern so Arm in Arm durch das Wasser hinaufstiegen, dann stand die kleinste Schwester allein, blickte ihnen nach und es war, als müsste sie weinen. Aber eine Meerjungfrau hat keine Tränen und so leidet sie viel mehr.*

Der Großvater rauchte immer Pfeife und bekam zwischendurch grässliche Hustenanfälle. »Rauch nicht so viel!«, schimpfte dann die Großmutter und manchmal versteckte sie seine Pfeife, aber er fand sie immer. Einmal suchte er länger danach und er fragte Undine, ob sie sie genommen habe. Sie war entsetzt, dass er so etwas von ihr glaubte, und sie sagte nichts. Das verstand der Großvater als Zustimmung und schrie sie an. »Wo ist sie?«, rief er immer wieder. Undine schluckte. Sie bekam kein Wort heraus. Dabei hatte sie gesehen, dass die Großmutter sie hinter die Kaffeedose gelegt hatte. Aber sie wollte das Versteck der Großmutter nicht verraten. »Sag etwas!«, schrie er. Undine sah ihn ängstlich an, sein wütender Blick durchbohrte ihren Körper und sie wäre am liebsten unter das Borstensofa gekrochen. Er war groß. Bestimmt dreimal so groß wie sie selbst, vermutete Undine. Sie hätte in ihr Zimmer laufen und sich im Kleiderschrank verstecken können, aber dann hätte er vielleicht ihre Schwestern gefunden und das durfte sie auf keinen Fall riskieren.

»Wenn du jetzt nicht sofort den Mund aufmachst!« Seine Augenbrauen bebten, seine Stimme überschlug sich. Undine zitterte. Aber sie schwieg.

»Komm mit!«, grummelte er, fasste sie unsanft am Arm und zerrte sie die Treppe hinunter in den Keller. »Verlogenes Ding!« Er schubste sie in die Werkstatt und verschloss die Tür.

Undine suchte nach dem Lichtschalter. Sie fand ihn, aber die Glühbirne schien immer noch kaputt zu sein. Seit Wochen schimpfte der Großvater mit der Großmutter, weil sie noch keine neue Birne gekauft hatte. Undine hockte sich vor die Tür. Angst kroch in ihren Bauch. Durch den Kellerschacht fiel nur ein schmaler Lichtstrahl. Zwar gewöhnten sich ihre Augen langsam an die Dunkelheit, doch neben der Werkbank sah sie seltsame Schatten und in der Kiste mit dem Holz hörte sie ein Knacken.

Die Großmutter hatte ihr mal von den bösen Holzratten erzählt, die kleine Kinder fraßen, wenn diese nicht artig waren. Fritjof hatte ihr im Sommer gesagt, dass es keine bösen Holzratten gebe und dass die Großmutter das nur erfunden habe. Aber nun war sich Undine nicht mehr so sicher. Vielleicht wusste Fritjof einfach nur nicht, dass es sie gab. Er war ja schließlich auch noch nicht ganz erwachsen und hatte vielleicht nur noch nie welche gesehen. Aber wenn sie Undine auffräßen, dann geschah es ihr vielleicht recht. Sie hatte dem Großvater das Versteck schließlich nicht verraten. Und jetzt bekam die Großmutter vielleicht auch noch Ärger wegen ihr. Undine hätte gerne geweint, aber sie konnte nicht weinen.

Die Taschenlampe fiel ihr ein. Ja, der Großvater hatte eine Taschenlampe und die verwahrte er in der Werkstatt. Sie stand leise auf, um die Holzratten nicht zu wecken, und ging zum Regal. Sie lauschte. Die Holzratten waren nicht zu hören. Sie konnte nicht viel sehen. Also tastete sie das Regal ab. Sie fasste in etwas Weiches und erschrak. Eine Holzratte. Sie wollte schreien, aber der Schrei erstickte

in ihrer Befürchtung, dass der Großvater dann zurückkäme. Die Großmutter sollte sie hier herausholen. Keine Holzratte. Undine atmete auf. Es waren die Arbeitshandschuhe des Großvaters. Dann ertastete sie etwas, was sich wie die Taschenlampe anfühlte. Undine nahm sie aus dem Regal und – sie funktionierte. Sie leuchtete vorsichtig durch die Werkstatt, konnte aber nirgendwo eine Holzratte erkennen. Wahrscheinlich schliefen sie alle.

Oben hörte sie die Großeltern streiten. Der Großvater schrie. Sie war schuld. Jetzt bekam die Großmutter alles ab. Undine wusste, dass sie ein böses Kind war. Sie allein war schuld. Sie war ein schlechter Mensch. Sie leuchtete mit der Taschenlampe über die Werkbank. Ihr Blick fiel auf einen langen Nagel. Sie nahm ihn in die Hand und setzte sich auf den kalten Boden.

»Du holst dir eine Blasenentzündung, Kind!«, würde die Großmutter sagen, aber die Großmutter schrie oben den Großvater an. Undine richtete die Taschenlampe auf ihr Fundstück und betrachtete den Nagel. Sie fror. Jetzt schrie wieder der Großvater. Undine schob ihre Cordhose ein Stückchen nach oben, sodass man zwischen Söckchen und Hose ein Stück von ihrem nackten Bein sehen konnte. Die Großmutter sagte gar nichts mehr, vielleicht weinte sie.

Undine nahm den Nagel und setzte ihn mit der Spitze auf ihr Bein. Dann drückte sie ihn in die Haut. Es tat ein bisschen weh, aber sie spürte kaum etwas von dem Schmerz. Sie zog den Nagel hinaus und stach ihn ein paar Zentimeter daneben wieder ein. Es blutete. Oben war es ruhig. Undine zog den Nagel aus der zweiten Einstichstelle und legte ihn beiseite. Sie nahm die Taschenlampe und beobachtete die beiden roten Tröpfchen, die sich langzogen und sich einen Weg in Richtung ihrer Söckchen bahnten. Fast, als würden sie ein Wettrennen veranstalten. Nummer eins gewann.

Die Großmutter würde böse auf sie sein wegen der dreckigen Socken. Es waren die Dornen, würde Undine sagen.


*»Das tut so weh«, sagte die kleine Meerjungfrau. »Wer schön sein will, muss leiden«, antwortete die Alte. Oh, sie hätte so gern diese ganze Pracht abschütteln und den Kranz ablegen mögen, ihre roten Blumen im Garten standen ihr viel besser zu Gesicht, aber sie konnte es nun nicht ändern.*

*»Lebt wohl!«, sprach sie und stieg dann leicht und klar, gleich einer Blase, durch das Wasser nach oben. Die Sonne war gerade untergegangen, als sie den Kopf aus dem Wasser erhob, aber die Wolken glänzten noch wie Rosen und Gold, und der Abendstern strahlte hell und schön. Die Luft war mild und frisch und das Meer ruhig.*


Am Montagabend stieg Undine die alte verwinkelte Treppe hinauf in die Nordstadt. Stufen und Absätze schmiegten sich eng an den Berg, zwischen einem roten Backsteinhaus am Hang und einer Ziegelmauer mit Graffitis. Grüne metallene Straßenlaternen beleuchteten den Weg und je höher Undine stieg, desto weiter wurde der Ausblick, der sich ihr über die abendliche Stadt bot. Mit jeder Stufe wurde ihr etwas mulmiger zumute.

Was tat sie hier überhaupt? Schon beim Überqueren der Wupperbrücke zehn Minuten zuvor hatte sie mit dem Gedanken gespielt, ins Wasser zu springen und sich von der Strömung durch den Rhein bis in die Nordsee treiben zu lassen. Das Meer war ihr wenigstens vertraut.

Es war absurd, sich mit diesem Adrian zu treffen, den sie überhaupt nicht kannte. Wenn sie nur daran dachte, gleich mit ihm alleine in dieser Kneipe zu sitzen, wurde ihr schon ganz komisch im Bauch. Vielleicht sollte sie wirklich umkehren – noch war dazu Gelegenheit. Aber dann wäre Frau Kramer-Michels bestimmt enttäuscht von ihr und würde ihr ein Gespräch über Vermeidungsverhalten aufzwingen. Schließlich sollte Undine doch unter Leute gehen. *Unter Leute gehen.* Nein, nicht daran denken. Es war normal, dass sich junge Leute in Kneipen trafen. Sie war jung und sie machte etwas ganz Normales. Und eigentlich war es doch gut, dass sie etwas Normales machte. Wenn es nur nicht so schwer gewesen wäre. Vielleicht sollte sie doch lieber umkehren?

Ihr Herz schlug bis zum Hals, als sie das Ende der Treppe erreicht hatte und durch die engen Häuserschluchten der Nordstadt lief. Sie schob alles Zögern beiseite – sie war jung, es war normal, sie dachte an Frau Kramer-Michels strengen Blick –

sie würde jetzt dort hingehen und diesen Abend irgendwie überstehen.

Adrian saß im *Chili* und wartete. Ob sie kommen würde? Er hoffte es, aber sicher war er sich nicht. Vielleicht war seine Zoo-Aktion doch etwas zu aufdringlich gewesen. Und Timo war alles andere als eine Hilfe gewesen. Die zehn Euro hätte er auch besser investieren können.

Das *Chili* gehörte zu Adrians Lieblingskneipen. Hier war er oft, um Billard zu spielen, am Wochenende gute Clubmusik zu hören oder einfach nur ein Bier zu trinken. Er hoffte, dass Hannes und Tom heute nicht auftauchen würden. Adrian wusste nicht genau, warum, aber er befürchtete, dass es nicht gut wäre, wenn Undine die beiden kennenlernen würde. Sie war keine Frau für alberne Sprüche und Stammtischgequatsche. Er war sich noch nicht sicher, wie sie eigentlich war, aber er wusste, dass sie etwas hatte, das ihn faszinierte.

Undine suchte nach der Hausnummer. Hier musste es sein. Sie trat durch die Tür und einen schweren Vorhang hindurch und blickte sich um. Das *Chili* sah aus wie eine Grotte. Die Wände waren blau und wie Wandskulpturen um die Sitzbereiche geschwungen, die Lampen rot, an der Decke brummte ein Ventilator. Sie erblickte Adrian hinter einem Wandvorsprung und steuerte auf seinen Tisch zu. Was sagte man, wenn man in eine

Kneipe ging und nicht gleich ganz verkrampft wirken wollte?

»Hallo, wartest du schon lange?« Sie setzte sich auf den Stuhl ihm gegenüber.

Adrian lächelte. »Nein, ich bin auch gerade gekommen.«

Erst jetzt fiel Undine auf, dass Adrian mit seinen blonden, halblangen Haaren und dieser undefinierbaren Augenfarbe aus Graugrünblau eigentlich ganz freundlich aussah. Seine Augen waren groß und rund, fast ein bisschen glubschig. Sie musste an einen Rotbarsch denken. Vielleicht auch wegen seines roten Pullis vor der blauen Wand. Undine senkte ihren Blick. Sie durfte ihn nicht so anstarren.

Stattdessen sah sie sich in der Kneipe um. Die Wände waren wunderschön plastisch, in einen Mauervorsprung war sogar ein Miniaturwasserfall eingebaut.

»Schön hier.« Sie warf Adrian einen scheuen Blick zu.

Wären die anderen Kneipengäste nicht gewesen, der Geruch nach Rauch und stickiger Luft, ihr wären diese Räume beinahe heilig erschienen. Wie die alte Kirche, in die sie früher mit ihren Großeltern gegangen war. Ein bisschen war es auch wie in der Schwimmoper, fand sie – die vielen Menschen machten die Räume kaputt, entweihten sie und nahmen ihnen einen Teil ihrer Schönheit.

»Was möchtet ihr trinken?« Der Kellner riss Undine aus ihren Gedanken. Adrian bestellte ein Pils. Sie nahm ein Wasser.

Undine spürte Adrians Blick. Worüber sollten sie reden? Sie wusste nicht so richtig, was sie sagen sollte. Mit ihrem Kollegen sprach sie über die Fische, mit Frau Kramer-Michels über Sachen, über die sie eigentlich nicht reden wollte, und mit Fritjof über alles, nur nicht über früher. Aber worüber sollte sie mit diesem Adrian reden?

Zu ihrer Erleichterung brach Adrian das Schweigen. »Musstest du heute arbeiten?«

Undine musterte die Faserung der Holztischplatte. »Nein, du?«

»Ich bin Student. Ich jobbe manchmal nebenbei.«

Sie blickte auf. »Was studierst du?«

Oder hatte er doch Karpfenaugen? Nein, Rotbarsch passte besser.

»Kunst und Englisch.«

Der Kellner brachte die Getränke. Sie tranken. Ein bisschen glubschig waren sie wirklich, seine Augen. Ein graugrünblauer konvexer Ring mit viel Pupillenschwarz. Sie durfte nicht so viel nachdenken, sie musste auch mal etwas sagen.

»Du wirst Lehrer?«

Adrian lachte. »Nein, ich werde Künstler und wenn das nicht klappt, werde ich Lehrer.«

Undine schluckte. Dann sagte sie mit leiser Stimme: »Meine Mutter war Künstlerin.« Wieso hatte sie das verraten? Das ging doch diesen Adrian überhaupt nichts an.

»War? Ist sie ...?«, fragte Adrian vorsichtig. Er sprach das Wort nicht aus.

Undine senkte ihren Blick. »Ja, sie ist gestorben, als ich klein war.«

Sie starrte auf ihr Wasserglas. Auf die halbe Zitronenscheibe, die aussah, als würde sie von den Kohlensäurebläschen getragen.

Im Aquarium blubberte es. Undine dachte damals, das seien die Fische. Was wusste sie als Vierjährige schon von Wasserpumpen? An der Hinterwand war ein Bild mit Meer und Palmen angebracht, sodass es aussah, als würden die Gold- und Zierfische in der Südsee schwimmen. Undine stand davor und konnte ihren Blick nicht von den Fischen lassen. Das Aquarium befand sich in einem Chinarestaurant in der Stadt.

Die Mutter nahm ihre Hand. »Komm Dini, wir können uns auch ein anderes Mal die Fische angucken.«

Undine wollte bei den Fischen bleiben. Sie waren so schön anzusehen und auch die kleinen Bläschen, die durch das Wasser nach oben stiegen, faszinierten sie.

Ihre Mutter zog sie sanft vom Aquarium weg. »Ein anderes Mal. Komm jetzt, Dini.«

Ein anders Mal gab es nicht. Am nächsten Tag kam die Mutter nicht mehr wieder.

Sie war tot und wurde in einen dunklen Kasten gelegt, den sie in der Erde verbuddelten, sodass sie nicht mehr herauskonnte. Alle sprachen von einem Geisterfahrer und Undine hatte Angst vor diesem Geisterfahrer. Vor jemandem, der Geister durch die Gegend fuhr und ihr ihre Mutter nahm, musste sie sich in Acht nehmen.

Ihr Vater sagte, sie müsse sich keine Sorgen machen, ihre Mutter sei im Himmel und dort ginge es ihr gut. Undine war erleichtert, dass sie sie doch noch aus dem Kasten geholt und in den Himmel geschickt hatten.

Weil der Vater immer Lastwagen fahren musste, brachte er Undine zu den Großeltern. Die Großeltern wohnten in Friesland und Undine bekam dort ein eigenes Zimmer. Anfangs sah sie den Vater noch häufiger und sie freute sich, wenn er kam. Dann kam er immer seltener und irgendwann gar nicht mehr.

»Nimm es ihm nicht übel, Kind«, sagte die Großmutter, »es ist nicht wegen dir, er verkraftet ihren Tod nicht.« Undine war traurig, aber sie nahm es ihm nicht übel. Sie hoffte nur, dass er sich auf seinen Reisen vor diesem Geisterfahrer in Acht nehmen würde.

Undine hatte ihre Haare hochgesteckt und das stand ihr gut. Aber sie sah traurig aus, fand Adrian. Warum hatte er auch mit diesem Thema angefangen? Aber er konnte ja nicht wissen, dass sie ihre Mutter so früh verloren hatte.

Er nahm einen Schluck Bier. »Meine Eltern haben Goldfische. Und einen Hund. Er heißt Maxi und frisst am liebsten Bratwürstchen.«

Undines Mundwinkel zogen sich ein kleines Stückchen nach oben. Adrian überlegte, ob sie sich vegetarisch ernährte. Sie war sehr dünn. Ihre Wangenknochen stachen hervor, aber er fand, dass das gut an ihr aussah. Ob sie wohl Fische aß? Adrian konnte sich nicht vorstellen, dass diese zarte Frau in der Lage war, Tiere zu essen, die sie beinahe täglich versorgte. Er würde sie lieber nicht danach fragen. Die Frage war zu heikel und hatte wieder viel zu viel mit Tod und so zu tun. Smalltalk wäre besser, aber worüber?

»Hast du Haustiere?«

Sie schüttelte den Kopf. »Nein, aber ich arbeite ja jetzt im Aquarium.«

Adrian kramte in seinem Gedächtnis. Stichwort Aquarium. Stichwort Fische. Traditionelles Forellenessen am Karfreitag bei seiner Oma. Falsches Thema. Die Katze von Schneiders, die sich immer die Goldfische holte. Auch nicht gut.

Der vergammelte Fischburger im Klassenschrank in der achten Klasse. Nein, lieber nicht. Zu Fischen fiel ihm nichts Positives ein.

Adrian hatte noch nie so genau seine Wortwahl bedacht und Gesprächsthemen schon gar nicht. Undine saß einfach nur da, aber trotzdem bewirkte sie etwas in ihm, das ihn vorsichtig werden ließ.

»Was machst du denn sonst so, ich meine, wenn du nicht arbeiten musst?« Mit dieser Frage konnte man ja wohl nichts kaputtmachen.

Undine blickte ihn mit ihren braunen Augen an. »Ich gehe schwimmen.«

»Echt? Das ist ja cool. Ich war früher in der Schule in der Schwimm-AG. Ziemlich lange sogar.« Endlich, endlich war ein Thema gefunden, worüber sie reden konnten.

Adrian erzählte von den Schwimmwettkämpfen, von seinem Sportlehrer, von dem alten Bademeister und von den sauren Haribo-Schnüren, die sie sich immer nach der Schwimm-AG kauften.

Undine hörte ihm zu. Und sie erzählte auch ein bisschen. Von der Schwimmoper, von Wellenbädern, die nicht in der Lage waren, natürliche Wellen nachzuahmen, und vom Wattenmeer und den Gezeiten.

Es wurde ein richtig nettes Gespräch und in seinem Eifer wagte Adrian noch eine Frage, eine ganz normale, die man eben so stellt beim ersten Date.

»Was hörst du denn für Musik?«

Undine versuchte die Zitronenscheibe aus ihrem Wasserglas zu fischen.

»Am liebsten klassisches Akkordeon.«

»Akkordeon?« Adrian traute seinen Ohren nicht. Welche Frau Anfang zwanzig hörte denn bitteschön so etwas?

»Ja. Kennst du das Rondo Capriccioso von *Solotarjow*? Oder Opus 1, Nr. 24 von *Paganini*?«

Bitte was? »Nein, kenne ich nicht.«

»Das ist wirklich schön. Manchmal höre ich aber auch Radio.«

Adrian fragte sich, was mit ihm los war. Er saß hier mit einer Frau, die offensichtlich Akkordeonmusik hörte, er, der vor ein paar Tagen noch auf einem Punkrockkonzert gewesen war und der sich zusammen mit Hannes und Tom Karten für *Rock am Ring* geholt hatte. Er saß hier und war fasziniert von einer Frau, die er mit Samthandschuhen anfassen beziehungsweise – soweit war es ja noch nicht – anreden musste, die offensichtlich vollkommen weltfremd durchs Leben ging, langweilige

Spießermusik hörte und mit der er bisher lediglich ein gemeinsames Gesprächsthema gefunden hatte. Eigentlich hätte er schon längst aufstehen und gehen müssen. Was wollte er von dieser Frau?

Das war doch nichts. Aber irgendetwas hielt ihn zurück und setzte ihm ein Lächeln aufs Gesicht, mit dem er das Gespräch behutsam wieder zum Thema Schwimmen zurückleitete und fortsetze.

Er hatte noch nie zuvor eine Verabredung gehabt, in der er sich fast ausschließlich über ein Thema unterhalten hatte, weil sich beide Seiten so am sichersten zu fühlen schienen. Er erlebte es auch das erste Mal, dass eine Frau den ganzen Abend nur Mineralwasser trank und schon um 22.30 Uhr nach Hause wollte. Und er war sich noch nie zuvor so unsicher gewesen, wie er sich seiner Verabredung gegenüber verhalten sollte.

Trotzdem oder gerade deswegen schlug er ihr, als sie das *Chili* verließen, einen Filmabend am Wochenende bei ihm zu Hause vor. Sie antwortete erst ausweichend, aber bevor sich ihre Wege trennten, fragte er sie noch einmal.

»Okay, dann kommst du am Samstag zu mir?«

Undine wich seinem Blick aus. »Ja, wenn nichts dazwischenkommt. Ich muss mal gucken. Vielleicht.«

Bei jeder anderen hätte er sich gedacht, dann eben nicht, aber bei Undine nahm er diese Antwort einfach mal als Zusage.

»Gut. Und du bist dir sicher, dass ich dich nicht noch begleiten soll?«

»Das geht schon.«

Schade, dachte Adrian. »Okay, dann gute Nacht.«
»Gute Nacht«, sagte sie und verschwand mit zügigem Schritt in der Dunkelheit.

Als Undine am nächsten Morgen aufwachte, fühlte sie sich wie gerädert. Sie hatte schlecht geschlafen, war erst lange nicht eingeschlafen und hatte dann wild geträumt und war immer wieder aufgewacht. Den Traum, den sie geträumt hatte, kannte sie auswendig, denn er begleitete sie schon einige Jahre in regelmäßigen Abständen:

Es gab eine Feier im Haus der Großeltern, obwohl es dort nie Feiern gegeben hatte. Viele Gäste waren da: ihre Mutter, ihr Vater, Fritjof, seine Eltern, die Freundinnen der Oma aus dem Frauenkreis, ihre Lehrerin und ein Nachbarsmädchen, mit dem sie ab und zu zur Schule gegangen war. Manchmal weilte sogar Frau Kramer-Michels unter den Gästen, was eigentlich gar nicht passte, ebenso ihr Kollege aus dem Zoo und dieses Mal sah sie Adrian auf der Feier.

Was der Grund für die Festlichkeit war, verriet ihr der Traum nie, aber irgendwann machten sich alle Gäste auf den Nachhauseweg. Die Mutter sagte, sie könnten auch ein anderes Mal weiterfeiern, und verschwand, ohne Undine mitzunehmen. Der Vater musste Lastwagen fahren. Fritjof musste zurück in die Schule ebenso wie die Lehrerin und das Nachbarsmädchen. Frau Kramer-Michels sagte, sie wolle Schluss machen für heute, sie habe noch eine andere Patientin. Adrian blickte Undine mit seinen Rotbarschaugen an und erzählte von der Schwimm-AG, deshalb nahm ihr Kollege ihn mit in den Zoo, damit er dort mit den anderen Fischen schwimmen konnte. Undine wollte mitkommen und sich das ansehen, aber der Kollege sagte, dass er Dienst habe und sie auch mal Feierabend machen müsse.

Und dann stand sie schließlich im Wohnzimmer neben dem Borstensofa mit den Großeltern und den Freundinnen der Großmutter, die beim Abräumen der Gläser halfen. Sie reichte der Großmutter ihr Märchenbuch, aber die schüttelte den Kopf, nahm ihre Jacke von der Garderobe und ging mit ihren Freundinnen zum Frauenkreis in der Gemeinde. Schließlich waren nur noch Undine und der Großvater da. Er stand an der Tür und winkte der Großmutter und ihren Freundinnen hinterher.

Undine lief hinauf in ihr Zimmer. Sie wollte die Meerprinzessinnen rufen und ging zu ihrem Kleiderschrank. Auf der Treppe hörte sie Schritte. Sie versuchte die Schranktür zu öffnen, doch die war verschlossen. Der Schlüssel ließ sich zwar drehen, aber er konnte den Riegel nicht bewegen. Die Schritte kamen näher. Undine geriet in Panik. Verzweifelt rüttelte sie an der Tür.

Und das war immer der Punkt, an dem sie aufwachte. Oft war sie nassgeschwitzt und ihr Herz raste, bisweilen hatte sie sich in ihre Bettdecke gekrallt, so als sei das die Tür, die sie öffnen wollte. Manchmal konnte sie nach diesem Traum lange nicht wieder einschlafen.

Und nun kam es ihr so vor, als hätte sie gar nicht geschlafen. Diesmal hatte sie sogar Adrian mit in den Traum eingebaut. Sie musste lachen, als sie sich ihren Kollegen vorstellte, wie er Adrian in das achteckige Aquarium zu dem Barramundi und dem Gabelbart setzte.

Haarsträhnen fielen Undine ins Gesicht. Der Geruch von kaltem Rauch zog ihr in die Nase und mit ihm die Erinnerungen an den Vorabend. Rotbarschaugen in der blauen Grotte. Zitronenscheiben in Mineralwasser. Gespräche über Schwimmen und Musik. Musik. *Paganini* würde sie wach machen. Sie stand auf, legte sein 24. Caprice ein und als die vertrauten Akkordeonklänge sich in ihrer Wohnung verteilten, ging sie ins Bad.

Undine ließ kaltes Wasser in ihre Hände laufen und wusch sich das Gesicht. Sie spürte den Angstschweiß des Traums auf ihrem Oberkörper kleben und wusch sich auch dort.

Beim Blick in den Spiegel fühlte sie sich seltsam. Sie steckte ihre Haare hoch und mit ihnen den Geruch des Vorabends.

Schnell zog sie sich an, ließ das Frühstück ausfallen, drehte *Paganini* die Stimme ab und machte sich auf den Weg zur Arbeit.

Als sie einige Zeit später im Zoo dem Kuckucks-Fiederbartwels, dem Schmucksalmler, dem Rotstreifen-Stachelaal und all den anderen Fischen einen guten Morgen wünschte, fühlte sie sich besser.

Heute hielt sie sich lange am Aufzuchtbecken der Gabelschwanz-Blauaugen auf. Sie liebte die kleinen Fischchen mit ihrer typischen blauen Iris und der gelb-orangen Färbung vom Bauch bis zur Schwanzflosse. Die Jungfische wurden getrennt von den Eltern aufgezogen, da diese sonst ihren Nachwuchs auffraßen. Die Aufzucht der winzigen Larven war nicht einfach, weil sie entsprechend winziges Futter brauchten. Undine gab ihnen Infusorien und Staubfutter.

Sie wollte die Kleinen beschützen, sie vor allem Unheil bewahren und freute sich schon auf den Tag, an dem sie stark genug wären, den erwachsenen Fischen nicht mehr zum Opfer zu fallen, sondern sich ihnen mutig entgegenzustellen.

Aber es ist doch gut, wenn Ihnen das Treffen ein bisschen gefallen hat.« Frau Kramer-Michels trug eine hellblaue Bluse. Sie passte besser zu den pinkvioletten Stuhlpolstern als die rote Hose vom letzten Mal.

Undine zuckte mit den Schultern. »Ja, irgendwie schon ... aber irgendwie auch nicht.«

»Was meinen Sie damit?«

Undine starrte auf den Teppich. Sie dachte an den Abend im *Chili*, an Adrians Rotbarschaugen und an ihr Gespräch über das Schwimmen. Dann sah sie auf und ihr Blick traf für einen Moment die bohrende Erwartung hinter der Brille von Frau Kramer-Michels.

»Ich weiß nicht, ob ich will, dass mir so etwas gefällt.«

Frau Kramer-Michels richtete sich auf. Sie sprach vom Nicht-zulassen-Wollen und davon, dass man schöne Dinge auch mal annehmen müsse.

Undine blieb wieder an der Bluse von Frau Kramer-Michels hängen, schämte sich dann aber, dass sie sie so anstarrte, und ließ ihren Blick über den Beistelltisch gleiten. Die Nelken in der Vase waren neu, die hatten beim letzten Mal noch nicht dort gestanden. Ob Frau Kramer-Michels die sich wohl selber kaufte? Oder bekam sie die Blumen geschenkt?

Überhaupt fragte sich Undine, wer Frau Kramer-Michels eigentlich war, wenn sie nicht in dieser Praxis saß. Bestimmt war sie verheiratet, sonst hätte sie keinen Doppelnamen. Ob sie Kinder hatte? Eher nicht, dachte Undine. Und was hatte sie für Hobbys? Schwimmen ließ sich schon mal ausschließen, sonst hätte sie Undines Vorliebe fürs Tauchen besser nachvollziehen können. Es könnte im Grunde genommen alles sein. Vielleicht Tennis oder Wirbelsäulengymnastik oder Aerobic? Vielleicht auch gar kein Sport.

Undine konnte sich eigentlich gar nicht vorstellen, dass Frau Kramer-Michels auch ein Privatleben hatte, und sie fand es auf einmal sehr seltsam, dass diese Frau alles über sie wusste, sie selbst aber gar nichts über Frau Kramer-Michels.

Das Einzige, woran sie sich festhalten konnte, waren ihre Kleidungsgewohnheiten, die kleinen Veränderungen in der Praxis wie neue Nelken und die Art, wie sie mit Undine sprach und auf ihre Äußerungen reagierte.

Sie war ein fremder Mensch. Ein fremder Mensch, der Undine doch irgendwie vertraut war, weil es ihr manchmal, auch wenn sie die bohrenden Nachfragen und die Übungen hasste, gut tat, mit jemandem zu reden.

»Meinen Sie, Sie können das jetzt für sich akzeptieren, dass der Abend schön war?«

Undine erschrak. Sie hatte gar nicht zugehört.

»Äh ja ... vielleicht.«

»Genießen Sie es einfach, versuchen Sie das mal.«

Und, genießen Sie Ihr Leben? Sind Sie glücklich? Undine hätte gerne die Antwort gewusst, aber eher hätte sie sich die Zunge abgebissen, als Frau Kramer-Michels eine private Frage zu stellen.

Adrian blickte auf die Stadt. Der Balkon von Franks Dachgeschosswohnung befand sich hoch über den Gleisen. Vor ihm lag einer der vielen Bahnhöfe im Tal. Dahinter breitete sich ein Dächermeer aus, das sich bis zu den Hügeln hinaufzog und in den Wäldern verschwand. Der Schornstein des Heizkraftwerks ragte in den Himmel. Blau war der Himmel, ja, verdammt blau und ohne Wolken.

Adrian wusste nicht, was mit ihm los war. Sein Verstand sagte ihm, dass es bekloppt sei, Undine hinterherzurennen. Diese Frau war attraktiv, aber auch verdammt seltsam. Das würde niemals gut gehen. Aber er musste immerzu an sie denken und fand es gar nicht mehr so schlimm, dass sie Akkordeonmusik hörte. Vielleicht würde sie ihn ja trotzdem mal auf ein Punkrockkonzert begleiten.

Aus dem Wohnzimmer rief Frank: »Du trinkst doch ein Bier, oder?«

Adrian bejahte, ging hinein, schloss die Balkontür und ließ sich in einen Sessel fallen. Es erschien ihm alles so unwirklich. Er hatte mit Frank reden wollen, Franks Frau Andrea hatte Nachtdienst, deshalb passte das auch ganz gut, aber eigentlich wusste er nun selbst nicht so genau, worüber er reden sollte.

»Na, nun sag schon, wie ist sie?« Frank setzte sich aufs Sofa und schenkte ihnen Bier ein.

»Man kann sie eigentlich gar nicht beschreiben. Sie ist irgendwie ... anders, etwas Besonderes.«

Frank nahm einen Schluck Bier und grinste.

»Wenn du in sie verliebt bist, ist doch jede Frau etwas Besonderes, oder nicht?«

Adrian trank und stellte sein Glas zurück auf den Tisch.

»Schon, aber mit Undine ist das ganz anders. Sie ist sehr zurückhaltend, irgendwie mystisch.«

»Ach, mystisch ist sie jetzt auch noch? Na, da scheinst du dir ja eine angelacht zu haben.« Franks Mundwinkel zogen sich spöttisch nach unten.

Man konnte Undine nicht beschreiben, dachte Adrian. Und wie sollte er Frank verständlich machen, was ihn an ihr faszinierte, wenn er es selbst nicht verstand?

»Wolltest du schon mal etwas von einer Frau, die überhaupt nicht in dein Beuteschema passte?«

Frank zuckte mit den Schultern. »Lass mich überlegen. Na ja, vielleicht bei Andrea damals. Und trotzdem haben wir geheiratet. Aber ist es nicht so, dass man sein Beuteschema, wie du es so schön nennst, immer wieder neu entwickelt?«

Adrian überlegte. Vielleicht hatte Frank recht. Vielleicht machte er sich auch zu viele Gedanken. Aber wie sollte er sich keine Gedanken machen, wenn diese Frau allen Erfahrungen widersprach, die er bis jetzt mit Mädchen gemacht hatte?

Er musste an Undine in ihrer grünen Arbeitskleidung denken – vor dem achteckigen Riesenaquarium im Zoo. Selbst in diesen Klamotten hatte sie anmutig ausgesehen. Anmutig war eigentlich ein Wort, das Adrian nie benutzte, weil er es irgendwie altertümlich fand. Aber zu ihr passte es. Undine war anmutig. Er musste Frank noch nach diesem Märchen fragen. Eigentlich hatte er immer gedacht, Meerjungfrauen hießen Arielle, so wie bei

Disney. Aber so genau hatte er sich dafür nie interessiert, als Kind hatte er Prinzen, Ritter und Zauberer gemocht und noch viel mehr Batman und He-Man.

»Sag mal, Timo hat da so was gesagt, da gibt es doch so ein Märchen mit einer Meerjungfrau, die Undine heißt oder so. Kennst du das?«

Frank kratzte sich am Hinterkopf, überlegte und schüttelte schließlich den Kopf. »Da musst du Timo fragen. Ich habe das bestimmt mal gehört, aber so etwas merke ich mir nicht.«

Er beugte sich vor, stützte seine Ellenbogen auf seine Knie und sah Adrian an. »Weißt du, ich glaube, du solltest dir gar nicht so viele Gedanken machen. So ernst bist du doch sonst nicht. Mach dich locker und lass es einfach mal auf dich zukommen.«

Adrian nahm sein Bierglas in die Hand, aber er trank nicht, vielleicht brauchte er nur etwas zum Festhalten. »Ich will es einfach nicht versauen. Wenn du Undine gesehen hättest, würdest du das verstehen. Sie ist nicht so wie die Mädels aus der Uni.«

Sein Blick fiel auf die Schrankwand mit dem Fernseher. Neben dem Gerät standen Bücher, Videokassetten und DVDs, ein Bild von Timo an seinem ersten Schultag, ein Jugendfoto von Frank mit langen Haaren, das Hochzeitsfoto von ihm und Andrea. »Undine kommt am Wochenende zum Filmabend. Was soll ich denn da für ein Video besorgen?«

»Hast du sie nicht gefragt, was sie für Filme mag?«

»Nee, ich hab nicht dran gedacht.« Wie hätte er sie auch fragen sollen? Sie hatte ja kaum fest zugesagt und war dann so schnell weg gewesen.

Frank schob seine Brille etwas höher und versuchte, ein ernstes Gesicht zu machen, doch Adrian sah sofort an den Lachfältchen um seine Augen herum, dass er seine Ausführungen nicht ganz ernst meinte.

»Also, Frauen mögen was Dramatisches. Oder ne Liebeskomödie – damit kann man nie etwas verkehrt machen ... Auf keinen Fall Horror oder Action. Thriller eventuell noch. Kommt auf die Frau an.«

Adrian lachte. »Na, du musst es ja wissen.«

Frank hob grinsend seinen Zeigefinger. »Höre auf den Rat eines alten Mannes.«

Adrian überlegte. Drama war ihm zu unsicher, nachher kam da wieder irgendwas mit Tod und das würde Undine sicher nicht behagen. Thriller war bestimmt auch nichts für sie. Genau, eine Liebeskomödie. Das würde ihr gefallen.

»Im Ernst, ich hätte da vielleicht etwas für dich.« Frank stand auf und suchte in seinem Regal. Er griff eine Videohülle heraus und besah sich das Cover. »*Die Innung* gefiel dir doch ganz gut, oder? Die haben die Musik zu diesem Film gemacht. Das ist so eine Art Liebeskomödie, die könnte ich dir leihen.«

Er reichte den Film an Adrian, der Cover und Rückseite betrachtete. »Danke, das klingt gut. Oder kommt da etwas mit Tod drin vor?«

»Nein, wieso?«, fragte Frank erstaunt.

»Ach, nur so.« Eine Liebeskomödie mit der *Innung* – das könnte er versuchen, schließlich glaubte er kaum, dass er einen Film mit Akkordeonmusik finden würde.

Später klopfte Adrian an Timos Kinderzimmertür. Keine Antwort. Als er die Klinke hinunterdrückte und öffnete, fuhr ein ferngesteuertes Auto unter seinen Beinen hindurch in den Flur. Timo saß auf seinem Bett und hielt grinsend die Fernsteuerung in der Hand.

Adrian lehnte sich an den Türrahmen. »Sag mal, Timo, hast du das Märchen von Undine in irgendeinem Märchenbuch oder so?«

Timo lugte unter seiner Schirmmütze hervor. »Was kriege ich dafür?«

»Du zockst mich ganz schön ab, Kleiner. Nicht mehr als 'nen Zweier.«

Wenn Timo so weitermachte, wäre er mit zwölf reich, überlegte Adrian.

»Mist! Hab's nicht mehr. Auf dem Flohmarkt verkauft. Für viel weniger.«

»Tja. Schade.« Adrian stellte Timos Auto wieder ins Zimmer und schloss die Tür. Er hätte dieses Märchen gerne mal gelesen. Wieso hatte er als Kind nicht die tschechischen Märchenfilme geguckt? Batman half ihm jetzt wenig weiter.

Frau Kramer-Michels hatte eine Decke auf dem Boden ausgebreitet. Undine hatte sich auf den Bauch gelegt und den Kopf seitlich auf ihre Arme. Frau Kramer-Michels saß zwei Meter entfernt, unter sich ein Kissen, und hatte ein Buch in der Hand. Undine wollte sich lieber nicht vorstellen, wie viele ihrer Übungen in diesem Buch standen und dass sie die vielleicht noch alle würde machen müssen. Wahrscheinlich besaß Frau Kramer-Michels sogar eine Menge solcher Bücher.

»Schließen Sie die Augen, wenn Sie möchten, und denken Sie sich eine Farbe aus.«

Frau Kramer-Michels sprach ruhig und langsam. Undine schloss ihre Augen.

»Jetzt sehen Sie die Farbe vor sich, nehmen Sie die Farbe und stellen Sie sich vor, wie Ihr Körper langsam diese Farbe annimmt.«

Eine Farbe. Was für eine Farbe? Diese Übungen werden immer verrückter, dachte Undine. Eine Farbe. Und damit den Körper anmalen, das war ja ekelhaft.

»Zuerst nehmen Ihre Beine diese Farbe an, die Füße, die Unterschenkel und die Oberschenkel, dann Ihr Bauch und Ihr Rücken, Ihr ganzer Oberkörper nimmt diese Farbe an.«

Schmutziges Grau oder Schwefelgelb. Vielleicht auch Rauchgelb. Undine wollte keine Farbe an ihrem Körper. Ekelhaft war das und ihren Körper vorstellen wollte sie sich auch nicht. Überhaupt hasste sie das mit den geschlossenen Augen.

»Dann bekommen Ihre Hände diese Farbe und Ihre Arme.«

Rauchgelb. Wie Qualm vom Rauchen. Ekelhaft war das. Undine schämte sich.

»Und schließlich erreicht diese Farbe auch Ihren Hals, Ihre Haare und Ihr Gesicht. Nun sehen Sie Ihren Körper vor sich – ganz in dieser Farbe.«

Nein, sie wollte diese Farbe nicht an ihrem Körper. Fast war ihr, als würde sie seinen rauchigen Atem riechen. Ihr wurde übel. Pfeifenqualmgelb zog sich über ihren Körper und kam ganz nah an ihr Gesicht. Ihr Atem wurde flach. Nein, sie wollte das nicht! Weg damit!

»Und jetzt sagen Sie in Gedanken zu sich und zu Ihrem Körper: ›Mein Körper ist mein Ich und ich bin mein Körper. Mein Körper ist mein Ich und ich bin mein Körper.‹«

Undine schwieg in Gedanken. Rauchgelb und Körper und Ekel.

»Und noch einmal: ›Mein Körper ist mein Ich und ich bin mein Körper.‹«

Als ob man sich das so einreden könnte, dachte Undine. So ein Schwachsinn.

»Und jetzt horchen Sie mal ganz tief in sich hinein und besuchen Ihr Herz. Schauen Sie sich dort um, gucken Sie, wie es da drinnen aussieht, verweilen Sie dort einen Augenblick.«

Auch das noch. Undine wollte nicht ihr Herz besuchen. Sie musste auf einmal daran denken, dass ihr Körper aus Fleisch und Knochen bestand und ihr Herz auch nur irgend so ein Organ war. All das war vergänglich und würde irgendwann verwesen und diese Vorstellung fand sie widerlich. Was sollte sie da ihr Herz besuchen? Bestimmt hatte Frau

Kramer-Michels sich das nur wegen Adrian ausgedacht. Aber in ihrem Herzen gab es nichts zu besuchen und zu suchen auch nichts.

»So, und kommen Sie dann langsam wieder zurück in den Raum, öffnen Sie die Augen und strecken Sie sich einmal richtig.«

Undine machte die Augen auf, tat, was ihr gesagt wurde, und setzte sich.

Frau Kramer-Michels sah sie besorgt an.

»Alles in Ordnung bei Ihnen?«

Undine nickte.

»Okay, dann habe ich noch eine kleine Übung.«

Nicht noch mehr, dachte Undine.

Frau Kramer-Michels stand auf, holte von ihrem Schreibtisch einen Zettel und einen Stift und reichte ihr beides.

»Hier haben Sie einen Zettel und einen Stift. Und jetzt denken Sie noch mal nach, wie das eben war, was Sie da in Ihrem Körper erlebt haben, was Ihnen durch den Kopf gegangen ist, und schreiben zwei Dinge dazu auf. Einfach zwei Wörter, die Ihnen einfallen.«

Undine notierte genervt zwei Wörter und blickte Frau Kramer-Michels beinahe trotzig an.

»Und dann drehen Sie den Zettel um, merken sich aber die Wörter.« Frau Kramer-Michels sprach noch immer mit freundlicher Stimme.

Undine legte das Blatt Papier mit der Schrift nach unten auf ihre Decke. Sie wollte sich keine Farben vorstellen, sie wollte keine Wörter schreiben, nein, sie wollte das alles nicht. Diese Übungen, immer diese dummen Übungen.

»Und jetzt stellen Sie sich gerade hin und gehen mit aufrechtem Gang durch den Raum. Und dabei sagen Sie in Gedanken: ›Ich bin Undine und ich …‹ – an dieser Stelle setzen Sie die beiden Wörter vom Zettel als Tätigkeit ein. Und dann gehen Sie einfach durch den Raum, indem Sie das gedanklich vor sich her sagen.«

Undine ging durch den Raum und kam sich doof vor. Sie war sich nicht sicher, ob die Krankenkasse, wenn sie wüsste, was Frau Kramer-Michels hier mit ihr veranstaltete, noch weiter zahlen würde.

»Gut, und jetzt fügen Sie an das Ganze noch an: ›… und ich bin eine Frau.‹«

Frau Kramer-Michels saß in der Mitte des Raumes. Undine lief im Kreis um sie herum und kam sich noch blöder vor.

Sie musste an das Kinderkarussell auf der Sommerkirmes denken. Fritjof hatte ihr einmal die Karussellfahrt bezahlt. Sie hatte sich wunderbar gefühlt auf dem Pferd. Oder war es ein Esel gewesen? Jedenfalls hatte es ihr gefallen auf dem Karusselltier, aber dann war sie ein bisschen enttäuscht gewesen, dass es immer nur im Kreis gegangen war, obwohl sie doch gerne ganz weit weg geritten wäre.

Auch jetzt hätte sie am liebsten auf der Stelle den Raum verlassen, anstatt wie eine Bekloppte um Frau Kramer-Michels herum zu laufen und dabei vorgegebene Sätze in Gedanken vor sich hinzusagen.

»Okay, Dankeschön. Sie können sich wieder setzen.«

Endlich. Undine hockte sich auf ihre Decke.

»Wie haben Sie sich denn dabei gefühlt?« Forschender Blick. Erwartungsvoll.

»Beschissen.«

Frau Kramer-Michels konnte ein leises Erstaunen hinter ihren Brillengläsern nicht verbergen. »Wieso beschissen? Was haben Sie denn vor sich hingesagt?«

Undine schluckte. Dann hob sie ihren Blick.

»Ich bin Undine und ich ekel' mich und ich schäme mich und ich bin eine Frau.«

*Darüber war sie sehr betrübt, und als er in das*
*große Gebäude hineingeführt wurde, tauchte sie*
*traurig unter das Wasser und kehrte zum Schloss*
*ihres Vaters zurück. Sie war immer still und nach-*
*denklich gewesen, aber nun wurde sie es noch viel*
*mehr. Die Schwestern fragten sie, was sie dort*
*oben gesehen habe, aber sie erzählte nichts.*

Im Winter, wenn Undine auf dem Borstensofa
ihre Furchen zog und den Märchen der Großmutter lauschte, saß der Großvater oft auf seinem
Sessel und aß Nüsse. Die Großmutter stellte ihm
immer eine große Schale mit Walnüssen, Ha-
selnüssen und Erdnüssen hin. Der Großvater hatte
die Schale auf seinem Schoß und Undine beobachtete, wie er die Nüsse knackte. Wenn er beim
Kauen den Mund öffnete, sah sie manchmal den
zerkauten Nussmatsch in seinem Mund und zwischen den Zähnen.
Heiligabend bekam Undine auch immer einen Teller mit Nüssen, Äpfeln, etwas Schokolade und Ge-
bäck der Großmutter. Die Nüsse ließ sie meistens
liegen oder schüttete sie in die Nussschale des
Großvaters.
Am Heiligabend gingen sie in die Kirche, auch der
Großvater. Sonst ließ er die Großmutter alleine
gehen und blieb lieber zu Hause.
Undine fand es unheimlich, wenn die ganze Gemeinde das Vaterunser sprach. Die Gemeindemit-
glieder sprachen dann immer extra tief und es
klang wie eine geheime Verschwörung. Sie mochte

die Lieder und Geschichten lieber. Die Großmutter hatte ihr die Geschichte von Jona und dem Walfisch erzählt, aber die lasen sie an Weihnachten nie.

Es war der zweite Heiligabend, den sie bei den Großeltern verbrachte. Ihr Vater hatte angerufen. Die Großmutter hatte lange mit ihm telefoniert. Sie erzählte Undine, dass er Lastwagen fahren müsse und deshalb nicht kommen könne. Aber zum Großvater sagte sie später leise etwas von einer neuen Freundin.

Undine saß mit den Großeltern im Wohnzimmer und war traurig. Die Großmutter hatte ihr Strümpfe gestrickt und eine Puppe gekauft.

Der Großvater holte eine riesige Schachtel hervor. »Das ist für Undine«, sagte er.

Undine staunte. Ein so großes Geschenk für sie?

»Was ist das?«, fragte die Großmutter.

»Pscht«, fuhr sie der Großvater an. »Lass Undine doch erst einmal auspacken.«

Undine versuchte, die Schachtel zu öffnen. Die Großmutter half ihr. Es war ein Kleid. Ein Kleid für Undine. Weiß mit roten Schleifchen und Spitzenborte. Ihre Augen glänzten. So ein schönes Kleid, nur für sie. Das würde sie ihren Schwestern zeigen.

»Woher hast du das Geld? Wieso weiß ich davon nichts?«, zischte die Großmutter.

Undine hielt sich das Kleid vor ihren Körper und tanzte durch den Raum.

»Zieh es doch an«, sagte der Großvater.

Undine ging zur Großmutter und die half ihr, das Kleid anzuziehen.

Der Großvater lachte freudig. »Es sieht schön aus, ja, es sieht wirklich schön aus.«

»Das war doch bestimmt teuer!« Die Großmutter warf dem Großvater finstere Blicke zu.

Undine verstand sie nicht. Wenn die Großmutter Geld bräuchte, könnte sie ja die Puppe umtauschen. Aber dieses Kleid war doch wunderschön. Sie drehte sich im Kreis und fühlte sich wie eine Prinzessin.

Der Großvater tanzte mit ihr durch den Raum und sie lachten, während die Großmutter vor sich hin grummelte.

Am nächsten Tag führte sie das Kleid ihren Schwestern vor. Die freuten sich mit ihr.

Die Großmutter stand auf einmal in der Tür. »Zieh es aus, wir legen es weg. So eine Geldverschwendung! Ich möchte nicht, dass du dieses Kleid anziehst.«

Undine fand das gemein. Die Großmutter legte das Kleid in die Schachtel zurück und trug es aus ihrem Zimmer.

Jetzt sucht sie wieder eines von ihren blöden Verstecken, dachte Undine. Tränen kullerten ihr übers Gesicht, sie versuchte, sie wegzuwischen, aber es wurden immer mehr und sie konnte sie nicht zurückhalten.

Als sie später ins Wohnzimmer kam und sich auf das Borstensofa setzte, fragte der Großvater sie, warum sie so verweinte Augen habe.

Undine erzählte verzweifelt, dass die Großmutter ihr das Kleid weggenommen und versteckt hatte. Dabei wollte sie es so gerne tragen.

Der Großvater blickte zur Tür. »Weißt du was«, sagte er leise, »wenn die Großmutter beim Frauenkreis in der Kirche ist, dann suchen wir das Kleid und dann ziehst du es an. Das braucht die Großmutter gar nicht zu wissen. Wir machen das heimlich.«

»Nein«, sagte die Alte. »Nur, wenn ein Mensch dich so lieben würde, dass du ihm mehr bedeutest als Vater und Mutter, wenn er mit all seiner Liebe an dir hinge und den Priester seine rechte Hand in deine legen ließe mit dem Versprechen, treu zu sein bis in alle Ewigkeit, dann flösse seine Seele in deinen Körper über, und du hättest Anteil am Glück der Menschen. Aber das kann nie geschehen!

Was hier im Meer schön ist, dein Fischschwanz, den finden sie dort auf der Erde hässlich. Dort muss man zwei plumpe Stützen haben, die sie Beine nennen, um schön zu sein.«

Da seufzte die kleine Meerjungfrau und blickte mit traurigen Augen auf ihren Fischschwanz hinab.

Adrian malte Kringel auf seinen Collegeblock. Er hatte es tatsächlich geschafft, pünktlich um 10.15 Uhr zum Seminar über »Shakespeare's Sonnets« in der Uni zu erscheinen. Und das war nach der Malerei-Übung, dem »Plastischen Gestalten« und dem Seminar zu Naturstudien und Aktzeichnen immerhin schon die vierte Veranstaltung, die er diese Woche besuchte. Zu den praktischen Kunstseminaren ging er gerne, aber zu den kunsttheoretischen Seminaren und besonders zu Englisch musste er sich jedes Mal zwingen. Nicht, dass ihn die Sprache nicht interessiert hätte, aber dieses trockene Sich-am-Text-entlang-Hangeln und Mit-theoretischem-Rüstzeug-nur-so-um-sich-Werfen langweilte ihn.

Er musste an einen Songtext der *Innung* denken, deren Album er sich neulich nach dem Konzert gekauft hatte:

*Die Nacht ist vorbei und mein Wecker schellt,*
*ich muss jetzt zu den Orten, wo nur Leistung zählt.*
*Gespräche kriechen dort, zäh von Tisch zu Tisch,*
*Gedanken verschwenden sich an irgendeinen Wisch.*

So fühlte sich das in diesem Seminar auch gerade an. Alle starrten auf ihre Texte und die, die sich meldeten, kamen sich wichtig vor, während Adrian das alles so unwichtig erschien. Shakespeare musste man auf sich wirken lassen und nicht so oft hin und her wenden, bis von der Wirkung nichts mehr übrig geblieben war. Sollten die anderen sich doch totinterpretieren, er malte lieber Kringel.

*Mine eye hath play'd the painter and hath steel'd*
*Thy beauty's form in table of my heart;*
*My body is the frame wherein, 'tis held,*
*And perspective it is best painter's art.*

Tom saß neben ihm und schob ihm einen Zettel herüber: »Schiffe versenken?«
Adrian hörte auf, Kringel zu malen, und nickte. Tom malte vier gleich große Kästen auf seinen Zettel, faltete ihn, riss zwei Kästen ab, teilte diese nochmals und reichte Adrian einen der beiden. Adrian positionierte seine Schiffe. Tom tat es ihm gleich und fing dann an, indem er ein Kreuz in Adrians leeres Quadrat setzte.

*For through the painter must you see his skill*
*To find where your true image pictured lies,*
*Which in my bosom's shop is hanging still,*
*That hath his windows glazed with thine eyes.*

Tom hatte schon sieben Schiffe von Adrian versenkt, Adrian hatte erst vier Treffer gehabt.

Tom versenkte das Achte. »Ist dir schon aufgefallen, dass dich die Melanie dort vorne die ganze Zeit anguckt?«

Adrian blickte auf. »Ist das nicht die von der Uni-Party?«

Tom grinste. »Genau die.«

»Oh Mann, ich war total betrunken. Ich kann mich echt kaum noch an die erinnern.« Adrian machte ein Kreuz in Toms Feld.

»Kein Wunder, warst ja auch gut dabei.« Diesmal traf Tom nicht.

»Und du nicht, oder was?« Adrian schob Tom den Zettel zu. »Hab keinen Bock mehr.«

»Bringt dich die Tussi jetzt aus dem Konzept oder was?«

»Mann, das ist drei Wochen her und ich war sturzbetrunken!«

Adrian spürte sein Handy vibrieren. Eine SMS. Er holte das Telefon aus seiner Hosentasche und las. »Dachte, du würdest dich mal melden. Und jetzt in Shakespeare – hab dich hier noch nie gesehen. Lust auf ein Treffen? Melanie.«

»Von ihr?« Tom versuchte, einen Blick auf Adrians Display zu werfen. Adrian bemühte sich, nicht zu den vorderen Tischen zu gucken.

*Now see what good turns eyes for eyes have done:*
*Mine eyes have drawn thy shape, and thine for me*
*Are windows to my breast, wherethrough the sun*
*Delights to peep, to gaze therein on thee.*

»Ja, was ist, willst du ihr nicht antworten?« Tom sah Adrian verständnislos an. »Was ist denn los mit dir?«

Adrian löschte die SMS. »Ich hab dir doch gesagt, dass ich betrunken war.«

»Du kannst doch nicht mal eben so die SMS löschen. Wieso machst du die Frau nicht einfach klar?«

Um sie herum wurde es unruhig. Offensichtlich hatte die Dozentin das Seminar beendet. Adrian packte seinen Collegeblock in den Rucksack und griff nach seiner Jacke.

»Mach du sie dir doch klar, wenn du so scharf darauf bist.«

Tom starrte Adrian fassungslos an. »Sag mal, hast du irgendwas genommen?«

Aus den Augenwinkeln sah Adrian, wie Melanie auf Tom und ihn zusteuerte.

»Bis Montag!« Schnell verließ er den Raum. Er lief durch den Flur und nahm die Treppe nach unten. An diese Uni-Party hatte er überhaupt nicht mehr gedacht. Und an diese Melanie schon gar nicht. Draußen war es bedeckt, aber es regnete nicht. Adrian beschloss, den Bus stehen zu lassen und zu Fuß in die Stadt zu gehen.

Wieso hatte Melanie überhaupt seine Handynummer? Er musste wirklich ziemlich betrunken gewesen sein. Ihm kam es vor, als sei das schon ewig her. Damals hatte er Undine noch nicht gekannt. Undine.

*Yet eyes this cunning want to grace their art,*
*They draw but what they see, know not the heart.*


Undine stand in den alten Duschräumen und ließ Wasser über ihren Körper prasseln. In der Schwimmoper war es am Wochenende oft so voll, dass sie sich nicht mehr wohlfühlte. Aber heute musste sie schwimmen, egal wie viel Betrieb war. Sie hatte es zu Hause nicht mehr ausgehalten und brauchte das jetzt. Schnell drehte sie das Wasser ab und verließ die Duschräume. In der Schwimmhalle waren nicht ganz so viele Menschen, wie sie befürchtet hatte, aber es war doch so voll, dass sich die Wassergeräusche der einzelnen Badegäste zu sehr vermischten und nicht mehr wie Musik klangen.

Undine sprang ins Wasser und suchte sich eine halbwegs freie Bahn. Zum Tauchen war heute zu viel los. Aber es tat auch so gut, sich brustschwimmend durch das Wasser zu bewegen. Sie versuchte, die anderen Schwimmer so weit wie möglich auszublenden und sich nur auf das Wasser zu konzentrieren.

Sie hätte heute Abend lesen können oder mal wieder mit Fritjof telefonieren. Sie hätte sich gemütlich ein Konzert anhören können oder einen Topfkuchen backen können – die anderen Tierpfleger freuten sich immer, wenn sie Kuchen mitbrachte. Aber was tat sie? Sie verabredete sich mit einem Rotbarsch und das noch nicht einmal an einem neutralen Ort, sondern bei ihm zu Hause. Er war wirklich nett gewesen und ja, ihr hatte der Abend im *Chili* auch irgendwie gefallen. Aber sich deshalb gleich auf einen Videoabend einzulassen?

Andererseits, wenn ein Film lief, musste sie nicht so viel reden. Und ein kleiner Teil in ihr sagte sich, dass es ja auch nicht so schön sei, die Abende immer alleine zu verbringen. »Wo kommst du denn her?«, fragte Undine den kleinen Teil erstaunt. Natürlich war Alleinsein schön, dann hatte man wenigstens seine Ruhe.

Sie dachte, der kleine Teil wäre längst tot. Er hatte sich schon lange nicht mehr blicken lassen.

Als Kind hatte sie versucht, sich mit der Nachbarstochter anzufreunden, einem aufgeweckten Kind mit wilden Locken und einem roten Fahrrad. Dem Großvater gefiel das nicht, er fand, dass das Mädchen schlechter Umgang für Undine sei.

Später hatte sie sich manchmal gewünscht, dass ihre Grundschullehrerin ihre Mutter sei. Frau Hoop erklärte immer alles ganz ruhig und Undine hörte ihr gerne zu. Sie strengte sich an in der Schule, denn die leistungsstarken Kinder durften auch noch in der sechsten Stunde bei der Zahlen+Natur-AG bleiben.

Später auf der Realschule und in der Berufsschule klappte das nicht mehr mit den guten Noten. Und mit den Freundschaften war es auch schwierig, weil sie manchmal wochenlang in der Schule fehlte.

Undine hatte den kleinen Teil, diesen Wunsch, nicht alleine zu sein, immer verdrängt. So schien es ihr sicherer zu sein.

Aber jetzt, nachdem sie Adrian im *Chili* getroffen und sich erneut mit ihm verabredet hatte, was ihr selbst noch immer etwas unheimlich war, jetzt war dieser kleine Teil plötzlich da, als sei er nie ganz weggewesen.

Rotbarschaugen hatte er immer noch, aber diesmal trug er einen beigefarbenen Pullover. Er bat sie herein und nahm ihr die Jacke ab. Schon im Treppenhaus war ihr bei jeder ausgetretenen Holzstufe mulmiger zumute geworden. Aber dann hatte sie überlegt, dass, wenn Adrian wirklich ein Rotbarsch wäre oder ein ihr unbekannter Fisch, sie sich seinen Lebensraum genau angucken würde. Mit diesem Gedanken fühlte sie sich nicht mehr ganz so unsicher. Adrian hängte ihre Jacke an den Türknauf, er schien keine Garderobe zu haben. Es gab auch keinen richtigen Flur, sondern mit dem Hereinkommen stand man direkt im Raum. Undine sah sich um. Altbau mit hohen Decken. Es war nicht so aufgeräumt wie bei ihr zu Hause. Die Küche schien ein einziges Sammelsurium zu sein aus zusammengewürfeltem Geschirr, Firlefanz und Erinnerungen. Das türlos angrenzende Wohnzimmer war etwas weniger vollgestellt, aber auch sehr bunt. Die Tür zum Nebenzimmer war nur einen Spalt geöffnet, sie konnte ein Bett erkennen.

»Setz dich doch.« Adrian deutete auf das schwarze Ledersofa.

Undine nahm Platz. Auf dem Couchtisch standen ein großer Kerzenständer und ein paar halb niedergebrannte Kerzen, deren Wachs bereits auf der Tischdecke verlaufen war.

»Und, wie geht's?« Adrian hatte sich auch gesetzt.

»Gut. Heute hatte ich frei. Nur gestern war ich arbeiten.« Undine musterte den alten Gasofen. So einen hatte sie auch.

»Ich musste gestern auch zur Uni. Shakespeare-Sonette. Magst du Shakespeare?«

»Ich weiß nicht, ich hab noch nichts von ihm gelesen.«

Adrian stand auf. »Ich kann dir die Sonette zeigen, wenn du willst.«

»Sind die auf Englisch?«

Adrian nickte.

»Ich kann nicht so gut Englisch.« Undine versuchte, die Schrift zu entziffern, die auf dem Feuerzeug neben den Kerzen prangte. »Ich hab in der Schule oft gefehlt.«

»Ach so, ich hatte die auch mal auf Deutsch. Wenn ich das Buch wiederfinde, kann ich es dir leihen.« Er stand immer noch unentschlossen im Raum. »Kann ich dir etwas zu trinken anbieten? Möchtest du Wein?«

Undine schüttelte den Kopf. »Nein, lieber Wasser.« Jetzt konnte sie es lesen. *Adrian* stand auf dem Feuerzeug. Die Schrift war von ihr aus gesehen auf dem Kopf und aus der Entfernung recht klein, deshalb hatte sie es erst nicht entziffern können.

Adrian ging in die Küche und holte eine Flasche Wein aus dem Kühlschrank, dessen Tür voller bunter Aufkleber war.

»Ich hab auch Bier. Möchtest du Bier?«

»Nein, Wasser ist schon in Ordnung.«

Adrian nahm Gläser aus dem Regal über den Küchenschränken. Neben der Spüle, auf der ein Zahnputzbecher neben Kochgeschirr stand, war eine Dusche per Vorhang abgetrennt, die Toilette schien hinter dem Schlafzimmer zu sein oder auf halber Treppe.

Adrian brachte ihr ein Glas Wasser und stellte sich selbst ein großes Weinglas hin. Er setzte sich neben sie, öffnete die Weinflasche und schenkte sich ein.

Undine las das Etikett der Weinflasche. Ein Rotbarsch, der Weißwein trinkt, dachte sie und nippte an ihrem Wasser.

Der Wein war gut. Schade, dass Undine nichts wollte. Adrian nahm genüsslich einen Schluck.

Den Vorspann und den Anfang von Franks Film fand er auf jeden Fall nett. Er hatte das Video schon reingeschoben, weil sie sich doch nicht so recht zu unterhalten wussten. Nach dem Film hätten sie vielleicht mehr zu reden.

Undine saß still da und trank ab und zu von ihrem Wasser. Sie trug ein enges blaues Batikshirt mit langen weiten Ärmeln. Das stand ihr.

Adrian war zufrieden mit seiner Filmwahl. Es ging um eine Liebe, die eigentlich keine mehr war und dann doch noch mal eine wurde. Er trank von seinem Wein.

Die Frau im Film stand vorm Schlafzimmerspiegel und bürstete ihre Haare.

Der Mann stellte sich hinter sie. »Bleib doch noch.«

Die Frau drehte sich um. »Du weißt doch, dass das nicht geht, ich muss los.«

»Natürlich geht das.« Der Mann zog sie an sich.

»Es ist nicht immer alles so einfach, wie du dir das vorstellst«, versuchte die Frau einzuwenden, aber der Mann begann, sie zu küssen, und ihre Worte wurden in Erregung erstickt. Sie verfiel seinen Küssen, er schob sie sanft aufs Bett, es setzte die rockige Musik der *Innung* ein und die beiden fielen übereinander her. Die Frau ließ ihre Bürste fallen und sie wälzten sich auf dem Bett. Der Sänger der *Innung* röhrte:

*Das war wohl nichts und deshalb*
*wünschte ich, es wäre so:*
*Ich hätte dich noch nie gesehen*
*und wär' noch immer froh.*

Adrian nahm einen Schluck Wein. Das Lied kannte er auswendig.

*Ich würd' dich erst kennenlernen an einem Sommertag,*
*diesmal hätte ich bestimmt gesagt:*
*Ich finde dich wunderschön*
*und ich will mit dir gehen.*

Der Mann fuhr mit seinen Lippen über das Dekolleté der Frau.

*Für dich lass ich alles stehen,*
*ich will dich immer sehen.*

Adrian blickte zu Undine. Sie war vertieft in den Film und hatte ihre Hände schüchtern in den Schoß gelegt. Schön war sie, wie sie so konzentriert auf den Bildschirm starrte. Er nahm sein Glas und trank. Undine tat es ihm mit ihrem Wasser nach. Adrian schielte immer wieder zu ihr hinüber.

*So war es in Wirklichkeit aber leider nicht.*
*Ich denke immer noch an dich.*

Eine Instrumentalpassage. Der Mann und die Frau überschütteten sich gegenseitig mit Küssen. Eine wirklich schöne Bettszene, fand Adrian. Nackte Haut sah man durch die Handkamera und die Detailaufnahmen nur so wenig, dass es für die Fantasie reichte, aber nicht pornografisch wurde. Und dazu die rockige Musik – das gefiel ihm.

*Kaum hat man sich und möchte glauben,*
*dass man glücklich ist,*
*fällt einem schon was Neues ein,*
*das man jetzt vermisst.*

Adrian schaute voller Sehnsucht zu Undine. Ihr Profil war wunderschön. Ihr schlanker Hals, das ebene Kinn, die sinnlichen Lippen, die feine Nase und die hochgesteckten Haare ergäben zusammen einen tollen Schattenriss. Aber ein Schattenriss würde nicht ihre hohen Wangenknochen und diese großen braunen Augen erfassen. Und das wäre viel zu schade gewesen. Er würde Undine gerne einmal zeichnen.

Der Mann und die Frau im Film streichelten und küssten sich.

*Ich will gar nicht sagen, dass es nicht geendet wär'.*
*Es wär' vielleicht noch nicht so lange her.*

Adrian nahm einen Schluck Wein und sein Blick ging wieder zu Undine. Er spürte ein Verlangen nach ihr, das er kaum aushalten konnte. Er konnte nichts dagegen tun, er musste sie immer wieder angucken.

*Ich finde dich wunderschön*
*und ich will mit dir gehen.*
*Für dich lass ich alles stehen,*
*ich will dich immer sehen.*

Der Mann strich sanft die Haare der Frau zurück und küsste sie auf den Mund.

*So war es in Wirklichkeit aber leider nicht,*
*ich denke immer noch an dich.*

Ja, ich denke an dich, dachte Adrian. Er würde Undine jetzt gerne küssen. Der Wein war wirklich gut.

Ein ruhiger Gitarrenteil in dem Lied mit wenig Bass. Der Mann und die Frau wurden von oben gezeigt, wie sie auf einer roten Satinbettdecke lagen. Fast ein bisschen kitschig, dachte Adrian. Aber nicht mit dieser Musik. Er nahm noch einen Schluck Wein und schwenkte das Glas nervös in seinen Händen.

Er wollte Undine. Jetzt.

Die Frau lag inzwischen auf dem Mann und bewegte sich rhythmisch. Der Bass setzte wieder ein.

*Ich finde dich wunderschön.* Adrian klopfte mit seiner Hand auf seinen Oberschenkel. *Und ich will mit dir gehen.* Er nahm noch einen Schluck Wein und stellte das Glas ab. *Für dich lass ich alles stehen.* Er blickte zu Undine. Sie starrte immer noch auf den Bildschirm. *Ich will dich immer sehen.* Sollte er oder sollte er nicht?

Adrian spielte nervös mit seinen Händen. *So war es in Wirklichkeit aber leider nicht.* Adrian nahm all seinen Mut zusammen. Wenn nicht jetzt, wann dann? Er legte seine Hand auf ihren Oberschenkel und sah sie lächelnd an. *Ich denke immer noch an dich.*

Undine schluckte. Sie drehte ihren Kopf zu ihm. In ihren Augen Entsetzen. Dann sprang sie auf. »Tschuldigung, ich muss nach Hause!«

In ihrer Hektik warf sie das Wasserglas um, lief zur Wohnungstür, riss ihre Jacke vom Knauf und ehe Adrian sich's versehen konnte, war Undine aus der Wohnung verschwunden.

»Undine, ich …«, rief er noch hinter ihr her, aber sie hörte ihn nicht oder wollte ihn nicht hören. Die

Schlussakkorde von *Ich denke immer noch an dich*. Dann Stille.

Adrian blickte auf das umgestürzte Wasserglas. Was sollte das jetzt schon wieder? Das Wasser sog sich in die Tischdecke mit den Kerzenwachsflecken. Eigentlich war das gar keine Tischdecke, sondern ein Tuch vom Flohmarkt. Wieso lief sie weg, es war doch alles gut gewesen, der Film hatte gepasst. Adrian blickte auf den kleinen Fernseher.

Im Film war bereits der nächste Morgen. Der Mann wachte auf, tastete neben sich, aber das Bett neben ihm war leer. Die Frau war weg. »Ach!«, seufzte der Mann und zündete sich eine Zigarette an.

Undine lief durch die Dunkelheit. Weg, einfach nur weg. Die Straßenlaternen und ein paar erleuchtete Fenster warfen schwaches Licht auf die Straße. Ihr Atem hetzte, die Straßenlaternen wankten, die Fenster verschwammen. Sie rannte. Bloß nach Hause, bloß schnell nach Hause. Sie fühlte nichts, sie spürte nichts, sie war gar nicht mehr in diesem Körper, der dort rannte.

Von oben sah sie diese Frau durch die dunklen Straßen rennen, die hieß Undine, das war sie, aber sie war nicht dort, sie spürte nichts. Die Frau rannte unter dem Licht der Straßenlaternen und sie sah ihr dabei zu.

Sie war schon lange nicht mehr aus ihrem Körper gegangen.

*Das Gummiband*, sie hatte das Gummiband nicht an ihrem Handgelenk, weil sie nicht von Adrian darauf angesprochen werden wollte. Undine rannte dort unten und sie hatte das Gummiband nicht. Etwas musste sie zurückholen in ihren Körper, zurück in die Realität.

Lauf nicht davon, Undine, versuchte sie sich zu beschwören, lauf nicht in die Vergangenheit, das ist die falsche Richtung.

Sie sah ihren Körper laufen, sie sah ihren Körper von oben, sie sah.

Als die Großmutter vom Frauenkreis kam, lief Undine ihr entgegen und verbarg ihr Gesicht in ihrem Rock. Sie schämte sich, weil sie unerlaubt das Kleid angezogen hatte.

Das durfte die Großmutter auf keinen Fall erfahren. Niemals.

Der Großvater war in den Garten gegangen und rauchte. Undine fühlte sich schlecht wegen der Sache mit dem Kleid. Sie war ein böses Mädchen. Sie vergrub sich im Rock der Großmutter und hoffte inständig, dass die Großmutter sie nicht verlassen würde.

Die Großmutter legte ihre Jacke ab und wollte in die Küche. Aber Undine zog sie zum Borstensofa und drückte ihr das Märchenbuch in die Hand. Die Großmutter setzte seufzend ihre Brille auf und las. Undine kroch unter die Wolldecke. Ihre Schenkel taten weh. Wenn die Großmutter das wüsste, würde sie schimpfen.

Aber diesmal war es nicht das Borstensofa gewesen.

»Ich weiß schon, was du willst«, sagte die Meerhexe. »Es ist zwar dumm von dir, doch sollst du deinen Willen haben, schöne Prinzessin. Du willst deinen Fischschwanz loswerden und stattdessen zwei Stümpfe haben zum Gehen, genauso wie die Menschen, damit der junge Prinz sich in dich verliebt und du ihn und mit ihm eine unsterbliche Seele bekommst!« Dabei lachte die Hexe laut und widerlich. »Du kommst gerade zur rechten Zeit«, sagte sie, »morgen, wenn die Sonne aufgeht, könnte ich dir nicht mehr helfen, bevor nicht ein Jahr vorüber wäre. Ich werde dir einen Trank bereiten, mit dem musst du vor Sonnenaufgang an Land schwimmen, dich dort ans Ufer setzen und davon trinken. Dann verwandelt sich dein Schwanz in zwei hübsche Beine. Aber das tut weh, bei jedem Schritt ist es, als ob ein scharfes Schwert dich zerschneidet. Alle, die dich sehen, werden sagen, du seiest das schönste Menschenkind, das sie je erblickt haben. Du behältst deinen schwebenden Gang, aber bei jedem Schritt, den du machst, ist dir, als ob du auf scharfe Messer trätest, als ob dein Blut fließen müsste. Wenn du dies alles erdulden willst, so werde ich dir helfen.«

»Ja«, sagte die kleine Meerjungfrau und gedachte des Prinzen und der unsterblichen Seele.

»Aber bedenke«, sagte die Hexe, »wenn du erst einmal wie die Menschen geworden bist, kannst du nie wieder eine Meerjungfrau werden.«

Undine sah sich selbst von oben in ihrem Wohnzimmer, aber sie fühlte sich nicht. Die Undine dort unten zündete mit Streichhölzern die Teelichter auf dem Couchtisch und die Kerzen auf dem Regal an. Elektrisches Licht ertrug sie jetzt nicht, sie brauchte das Halbdunkel. Die Kerzen flackerten. Undine war wie in Trance. Sie sah sich, wie sie mit zitternden Händen *Solotarjows* »Rondo Capriccioso« in den CD-Player legte. Den Lautstärkeregler drehte sie nach rechts. Dramatisch, virtuos und vertraut drang die Musik aus den Lautsprechern.

Über den Komponisten hatte sie einmal gelesen, dass er sich mit zweiunddreißig Jahren das Leben genommen hatte. Seitdem meinte sie, die dunklen, melancholischen Gedanken aus seiner Musik heraushören zu können.

Neben dem Sofa stand die alte Kommode mit der weißen Marmorplatte. Die Undine dort unten zog die große Schublade auf und suchte nervös darin. Ihr fiel ein altes Bild in die Hände. Es zeigte eine Frau mit einem Fischschwanz, die den Betrachter mit traurigen Augen anblickte. Undine wusste nicht mehr, in welcher Klinik sie es gemalt hatte. Es war schon lange her. Sie legte das Bild beiseite, schloss die große Schublade und öffnete eine kleinere darüber. Sie wühlte angespannt. Bei dem Kerzenlicht konnte sie die Dinge schlecht erkennen.

Endlich fühlte sie etwas Kaltes. Da war er. Sie nahm den Cutter und betrachtete ihn einen Moment. Erwartungsvoll und kühl lag er in ihrer

Hand. Undine atmete tief durch und holte aus der Schublade daneben eine Packung Taschentücher.

Sie setzte sich vor ihr Sofa auf den Teppich. Neben ihr flackerten die Teelichter vom Couchtisch. *Solotarjow* schrie aus den Lautsprechern.

Undine schob den linken Ärmel ihres Oberteils hoch. Sie betrachtete das Narbenmuster auf ihrem Unterarm. Rote Linien trafen sich und trennten sich wieder, manche waren kräftiger, andere blasser, manche kaum noch zu sehen.

Undine fuhr das Cuttermesser aus. Es knackte durch die verschiedenen Feststellstufen hindurch und rastete ein. Die Klinge war scharf. Eigentlich hatte sie es zum Basteln gekauft.

Sie dachte an nichts, sie fühlte nichts, nur diesen Drang.

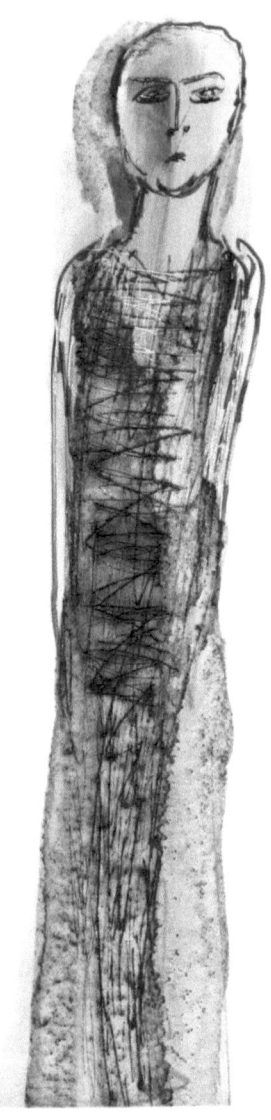

Die Kerzen waren plötzlich weit weg und *Solotarjows* Akkorde auch. Da waren nur noch sie und der Cutter. Alles fühlte sich seltsam an und vertraut zugleich. Ihr Atem stockte. Sie setzte das Messer an der Innenseite ihres Handgelenkes an und zog es durch ihre Haut. Blutstropfen traten leise aus dem Schnitt. Undine war wie betäubt. Sie setzte den Cutter daneben neu an und zog eine etwa fünf Zentimeter lange rote Linie. Es tat gut, rote Linien zu zeichnen. Sie spürte kaum etwas von dem Schmerz.

Immer wieder setze sie neu an und zog rote Linien über ihren Arm, insgesamt acht Mal. Das reichte. Über ihren halben Unterarm zogen sich die Schnitte.

Sie hatte es wieder getan.

Undine legte den Cutter beiseite, lehnte ihren Kopf an das Sofa und atmete tief durch. Jetzt spürte sie den Schmerz. Aber es tat gut, sich zu spüren. Auf einmal war ihr Körper präsent, sein Schmerz gab ihr die Gewissheit, dass er noch da war. Dass sie noch da war. Sie war in ihrem Körper und ihr Unterarm brannte.

Undine atmete tief durch und besah sich ihre Wunden. Blutstropfen traten hervor, in manchen Schnitten hatten sie sich schon zu einem kleinen Blutfluss zusammengetan. Sie nahm die Taschentuchpackung, öffnete sie mit den Zähnen, nahm ein Taschentuch heraus und legte es auf die Wunden. Behutsam tupfte sie das Blut ab, nahm ein zweites Taschentuch und drückte es auf ihren Unterarm.

Ruhe breitete sich in ihr aus. Und Erleichterung. Auch *Solotarjow* wurde ruhiger. Die Kerzen flackerten nach wie vor. Ein grünes Licht hatte sich unbemerkt zu ihnen gesellt. Es war Undines Anrufbeantworter, der wild blinkte.

Der Himmel über dem Zoo war klar und die Luft angenehm. Das Wetter schien gut zu werden und Undine genoss die Ruhe, bevor die ersten Besucher die Tiere belagerten. In der Ferne läuteten Kirchenglocken den Sonntag ein.

»Wenn sonntagmorgens die Kirchenglocken läuten, dann schaut der liebe Gott in die Herzen der Menschen«, hatte ihr die Großmutter früher erzählt.

Undine hatte das unheimlich gefunden. Sie wollte nicht, dass der liebe Gott jeden Sonntag in ihr Herz schaute und ihre Angst sah. Niemand sollte die sehen und schon gar nicht der liebe Gott.

Mit dem Betreten des Aquariums ließ Undine die Kirchenglocken hinter sich und die alten Gedanken auch.

Sie wünschte ihren Fischen einen guten Morgen und machte sich an die Arbeit. Der Verband an ihrem linken Handgelenk juckte. Es fühlte sich irreal an, dass sie es wieder getan hatte. Ein bisschen schmerzte es noch, als wolle es unbedingt beachtet werden. Aber sie schenkte ihm keine Aufmerksamkeit. Es gab keinen linken Unterarm und keinen juckenden Verband. Da waren nur die Fische, die Aquarien, die Pflanzen, das surrende Geräusch der

Wasserpumpen, die Kescher, die Eimer und die Arbeit, die erledigt werden musste, bevor die ersten Besucher kamen.

Adrian zog sich die Bettdecke über den Kopf. Es gab keinen Grund aufzustehen. Er hatte gestern noch versucht, sie anzurufen, aber sie war nicht drangegangen. Daraufhin hatte er ihr auf den Anrufbeantworter gesprochen. Sie meldete sich nicht.
Und er war so naiv gewesen, zu hoffen, dass er heute Morgen vielleicht neben Undine aufwachen würde. Er hätte ihr Frühstück ans Bett gebracht und danach hätten sie spazierengehen können.
Das war doch alles Mist. Er nahm die Fernbedienung und stellte seine Anlage an. Die CD von der *Innung* war noch drin. Der Bass dröhnte aus den Lautsprechern, Adrian stellte lauter. Es war doch alles gut gewesen: der Film, ein nettes Glas Wein dazu. Undine hatte toll ausgesehen in ihrem engen blauen Batikshirt, die Haare wie immer kunstvoll hochgesteckt. Er wollte Undine, aber er hatte bei einer Frau noch nie so wenig Ahnung gehabt, wie er das anstellen sollte. Seit er sie kannte, schien alles schiefzugehen.
*»Ich denk an dich, ich wünschte, du wärst hier«*, röhrte der Sänger der Innung.
*»Ich rufe deinen Namen, es bleibt still.*
*Nie wird jemand bleiben und nie was richtig sein,*
*ich weiß nicht, was ich vom Leben will.«*
Das Telefon klingelte. Undine? Das war sie, das musste sie sein. Adrian sprang aus dem Bett, stellte die Musik leiser und lief zum Telefon.

»Ja?« Adrians Miene verzog sich. »Ach, hallo Mama, du bist es.« Darauf hatte er jetzt überhaupt keinen Bock. Er blickte zur Uhr. Es war schon vierzehn Uhr fünfundzwanzig. »Nein, du hast mich natürlich nicht geweckt, ich habe gerade Englisch gelernt.«

Seine Mutter sollte jetzt bitte nicht eine halbe Stunde lang die Leitung belegen, vielleicht würde Undine es in der Zeit versuchen.

»Ja, in der Uni läuft alles gut. Du, ich will dich ja nicht abwürgen, aber Tom kommt um halb drei, weil wir noch mal gemeinsam die Shakespeare-Sonette durchgehen wollen.« Adrian zog mit dem Finger durch den Staub auf seinem Regal eine Linie.

»Ja, grüß du Papa auch. Okay, tschüss.«

Genervt legte er den Hörer auf die Station.

*»Ich hol mein Fahrrad und fahr in die Nacht«*, röhrte es aus den Lautsprechern,

*»ich habe keine Richtung, kein Ziel.*

*Nie wird jemand bleiben und nie was richtig sein, ich weiß nicht, was ich vom Leben will.«*

Adrian ging in die Küche, um sich Kaffee zu kochen. Er schüttete das Pulver daneben und fluchte.

Das Telefon klingelte erneut. Erwartungsvoll nahm Adrian den Hörer ab. Diesmal war es Tom. Er wollte wissen, ob Adrian wieder normal sei und am Abend mit zum Saufen käme. Adrian überlegte.

»Klar komme ich mit«, sagte er und dachte, dass Undine, wenn sie sich bis dahin nicht meldete, selber schuld sei.

Am Abend trafen sie sich im Chili. Hannes war auch da und Tom hatte Melanie mitgebracht. Adrian war nicht sehr begeistert davon.

Undine hatte sich nicht gemeldet. Adrian versuchte sich einzureden, dass es ihm egal sei. Mit dem ersten Bier bestellte er sich gleich einen Kurzen. Hannes bastelte sich was zum Kiffen, während Tom mit seinem Feuerzeug spielte. Melanie plapperte in einer Tour. Adrian hörte weg. Er bestellte sich noch einen Kurzen und starrte auf Hannes' Bastelwerk.

Später spielten sie Billard. Melanie konnte das überhaupt nicht, aber auch Adrian war heute nicht sehr geschickt. Er hatte Probleme, die Billardkugel zu treffen. Immer wieder glaubte er, er würde auf sie zielen und dann stieß er doch vorbei oder traf sie so schlecht, dass sie keine andere Kugel bewegte. Tom und Hannes grinsten. Er wusste nicht mehr, wie viel Bier er getrunken hatte. Von den Kurzen ganz zu schweigen. Ihm war alles egal. Melanies Brüste wackelten über dem Billardtisch, die Kugeln zerstreuten sich und das Chili wankte.

Hannes legte seinen Queue beiseite. »Lasst uns mal gehen, Adrian trifft heute sowieso nicht mehr.«

Adrian protestierte, er wollte die Partie noch zu Ende spielen, aber Tom zog ihn vom Billardtisch weg. An der Theke ließ er ziemlich viel Geld und Tom schob ihn nach draußen.

Sie gingen durch die Nordstadt. Adrian wankte etwas. Er ging neben Melanie und erzählte ihr von Shakespeare. Sie meinte, das wüsste sie schon, schließlich sei sie auch in dem Seminar. Adrian sah sie irritiert an. Melanies Brüste wackelten neben ihm durch die Dunkelheit. Ihre halblangen Locken flogen hinterher. Adrians Blick folgte ihrem Auf und Ab. Melanie und Brüste und Shakespeare und Dunkelheit. Seine Gedanken flogen wie ihre Haare wild durcheinander. Ihm war etwas schwindelig. Hannes und Tom redeten über Fußball. Melanie sagte nichts, man hörte nur ihre hohen Absätze auf dem Asphalt.

An der Kreuzung trennten sich ihre Wege. Die anderen drei mussten runter in die Innenstadt, Adrian wohnte hier oben in der Nordstadt.

Er legte seinen Arm um Melanies Schulter und die wehenden Locken. »Kommst du noch mit zu mir?«

Melanie stieß seinen Arm weg und tippte mit dem Zeigefinger an ihre Stirn. Hannes und Tom lachten.

Adrian drehte sich um und wankte durch die leeren Straßen nach Hause.

Undine ließ die Pforte des Zuliefereingangs vom Zoo hinter sich ins Schloss fallen. Ihr Kollege hatte sie nach Hause geschickt. Er meinte, sie hätte nun schon den ganzen Sonntag und heute Morgen gearbeitet. Heute Nachmittag sei eigentlich seine Schicht; wenn sie so weitermache, brauche man ihn ja gar nicht mehr. Undine wäre gerne bei den Fischen geblieben und sie zögerte das Feierabendmachen auch noch etwas hinaus, aber schließlich machte sie sich widerwillig auf den Nachhauseweg.

Bis zur Schwebebahnstation war es nur ein kurzer Fußweg und es war noch vor dem Feierabendverkehr, sodass Undine beschloss, die drei Stationen nach Hause zu schweben. Die blauorangefarbene Schwebebahn war auch tatsächlich einigermaßen leer und sie suchte sich einen der Einzelsitzplätze gegenüber der Tür. Die Schwebebahn ratterte los, legte sich in die Kurven über der Wupper und Undine betrachtete aus dem Fenster die alten Gründerzeithäuser und die Fabrikgebäude.

Sie hatte schon zwei Stationen geschafft, da stieg plötzlich vorne ... Undine schluckte ... sie hielt den Atem an ... Großvater! Da stieg ihr Großvater ein! In ihr zog sich alles zusammen.

Der alte Mann suchte sich vorne einen Platz, nur wenige Meter von ihr entfernt. Undine sah seinen Kopf von hinten, seine grauen Haare, sie zitterte innerlich. Sie wollte die Bahn verlassen, aber die Türen waren schon wieder geschlossen und der Zug fuhr gerade an.

Panik stieg in ihr hoch, die Türen geschlossen, sie konnte nicht hinaus, sie saß hier fest. Hilfe!

Undine konnte den grauen Haarschopf nicht aus den Augen lassen, gleichzeitig hatte sie Angst, dass er sich umdrehte und sie sein Gesicht sah. Dass er sie entdeckte.

Sie versuchte, ihren Körper zu kontrollieren, aber ihr Atem und das Zittern hatten sich selbstständig gemacht. Ihr Atem wurde immer flacher, sie hatte das Gefühl, dass er ihre Lunge nicht erreichte. Sie bekam kaum Luft. Und das Zittern hatte sich inzwischen auf ihre Beine und ihren Körper ausgedehnt, sie versuchte es zu bändigen, aber es gelang ihr nicht. Die Fahrt bis zur nächsten Station, an der sie raus musste, erschien ihr wie eine Ewigkeit. Bitte lass ihn nicht auch aussteigen, dachte sie. Sie krallte ihre Fingernägel in die Handballen, sodass es wehtat. Die Schwebebahn ratterte um die Kurve. Von Weitem sah sie schon ihre Station. Gleich würde sie die Schwebebahn verlassen und so schnell wie möglich nach Hause laufen.

Plötzlich stand der alte Mann auf ... Undine hielt ihren Atem an und wollte unsichtbar sein ... da drehte sich der alte Mann ... Nein! ... wollte sie schreien, aber es schnürte ihr die Kehle zu ... er drehte sich in ihre Richtung.

Das ... das war nicht der Großvater. Er war es nicht. Es war irgendein alter grauhaariger Mann. Verwirrt starrte Undine ihn an, bei näherem Hinsehen hatte er gar keine Ähnlichkeit mit dem Großvater. Sie atmete auf. Die Schwebebahn hielt pendelnd, sie stieg aus, der alte Mann hinter ihr, sie drehte sich noch einmal nach ihm um. Er war es nicht, es war ein Fremder.

Undine lief mit schnellen Schritten die Treppe der Schwebebahnstation hinab und bog in die nächste Straße ein.

Natürlich war er es nicht. Der Großvater war seit Jahren tot. Und nie in dieser Stadt gewesen. Das wusste sie doch eigentlich. Das Zittern hatte aufgehört, aber ihr Körper fühlte sich trotzdem noch seltsam an. Wieso passierte ihr das wieder? Flashback nannte Frau Kramer-Michels das.

Sie hatte grade wirklich gedacht, dass ... *Undine, beruhige dich.* Sie tastete nach dem Gummiband an ihrem Handgelenk, aber da war nur der blöde Verband. *Er ist tot.* Undine lief. *Beruhige dich. Es ist vorbei.* Gleich würde sie zu Hause sein. In ihrer Wohnung. Und dann wäre alles gut. Sie würde ihre Wohnung sauber machen, das lenkte ab. Und Putzen war so wunderbar normal. Das machten alle Menschen.

Undine atmete auf, als sie die Wohnungstür hinter sich schließen konnte. Sie hängte ihre Jacke auf, holte Staubtuch und Staubwedel aus der Küche und begann, im Wohnzimmer ihre Musikanlage abzuwischen. Undine putzte regelmäßig, aber eigentlich half es nie. Schlechte Dinge ließen sich nicht einfach so wegwischen. Im Gegenteil: Eine saubere ordentliche Wohnung bot noch viel mehr Platz für blöde Gedanken. Aber Unordnung konnte sie auch nicht ertragen. Und jetzt gerade, da brauchte sie irgendeine Tätigkeit ... sie hasste das ... dieses Gefühl, dieses Nicht-Gefühl, diese Gefühllosigkeit.

Da ließ sie lieber den Staubwedel mit den Gegenständen tanzen und das Staubtuch über die Flächen gleiten. Sie nahm sich den Telefontisch vor. Ihr Anrufbeantworter blinkte. Undine schluckte. Sie drückte die Wiedergabetaste und putzte weiter.

»Ja, hallo Undine, hier ist Adrian, es tut mir leid wegen Samstagabend. Melde dich doch mal bitte bei mir.« Undine wischte über das Regal, so als könne sie damit die Nachricht beiseite wischen.

»Montag, dreizehn Uhr drei«, sagte die tiefe Männerstimme des Anrufbeantworters.

Undine hob die Schale mit den Muscheln hoch, damit sie darunter sauber machen konnte. Sie versuchte, ihren Atem ruhig zu halten, doch sie merkte, wie er sich steigerte, als die nächste Nachricht begann.

»Bitte Undine, melde dich doch bei mir. Falls du meine Telefonnummer nicht mehr hast, 2353735. Oder ansonsten kannst du auch jederzeit vorbeikommen. Okay, ich hoffe, du meldest dich.«

»Montag, vierzehn Uhr siebzehn.«

Undine wollte die Bücher im Regal entstauben, doch die nächste Nachricht auf dem Anrufbeantworter drang in den Raum und sie wusste plötzlich nicht, wohin mit sich.

»Undine, ich würde gerne mit dir sprechen. Wenn ich irgendwas falsch gemacht habe, tut mir das leid. Aber bitte ruf mich doch mal an.«

»Montag, fünfzehn Uhr neun.«

Ihr Atem raste. War es das jetzt endlich? Der Anrufbeantworter schwieg. Aber Undine spürte Adrians Stimme immer noch, seine Nachrichten standen im Raum und ihr Atem stolperte. Erst der alte Mann und jetzt Adrian. Konnten die sie nicht einfach in Ruhe lassen?

Undine ging zur Kommode, zog die Schublade auf und griff nach dem Cutter, der sich kühl in ihre Hand legte und sie verführen wollte. Sie spürte die Anspannung. Der Cutter fühlte sich gut an, verlockend geradezu, er würde Erleichterung bringen. Sie hatte doch erst Samstagnacht – aber jetzt war es sowieso egal. Außerdem gab es noch genug freie Stellen an ihrem Körper.

Das Telefon klingelte. Undine erschrak und legte den Cutter zurück in die Schublade. Einen kurzen

Moment hielt sie inne. Dann ging sie mit schnellen Schritten zum Telefon, nahm ab und drückte auf die Telefongabel. Den Hörer legte sie daneben. Jetzt konnte er so viel anrufen, wie er wollte.

Doch sie wusste immer noch nicht, wohin mit sich. Mit ihrem Körper. Mit ihren Gedanken. Der Cutter rief aus der Schublade. Er rief nach ihr. Nein. Nein. Nein. Er sollte sie in Ruhe lassen. Alle sollten sie in Ruhe lassen. Der Anrufbeantworter. Der Cutter. Adrian. Der alte Mann. Und Frau Kramer-Michels.

Undine lief ins Badezimmer, ließ kaltes Wasser in ihre Hände laufen und wusch sich damit das Gesicht. Das tat gut. Sie stellte die Dusche an, wartete nicht, bis das Wasser warm war, sondern setzte sich einfach in die Duschwanne.

Ihre Kleidung trug sie noch am Leib, aber das war ihr egal. Das Wasser drang durch die Stoffe an ihren Körper, durchnässte ihren Verband, sie lehnte sich an die kalten Fliesen, ließ das Wasser in ihr Gesicht prasseln und begann langsam wieder, sich zu spüren.

Glauben Sie, dass es grundsätzlich wehtun muss, wenn Ihnen ein Mann zu nahe kommt? Und wenn nicht, dann müssen Sie ein bisschen nachhelfen?«

Frau Kramer-Michels trug heute einen schwarzen Rock und eine dunkelgraue Strickjacke. Undine fand, dass sie blass aussah. Vielleicht war ihre Beichte aber auch schuld an der Blässe von Frau Kramer-Michels.

Undine zog ihren linken Ärmel so weit wie möglich über den Handrücken. Es war ihr peinlich, dass Frau Kramer-Michels den Verband gesehen hatte. Ihr Blick ging zu Boden. Sie konnte Frau Kramer-Michels heute nicht ansehen.

»Ich hatte einen solchen Druck. Ich musste es einfach wieder tun.« Sie hatte schon oft versucht, Frau Kramer-Michels das mit dem Druck zu erklären, doch die zeigte dafür kein Verständnis. Dabei war Undine davon überzeugt, dass Frau Kramer-Michels, wenn sie sich nur einmal selbst schneiden würde, es wie sie immer wieder machen würde. Man wurde süchtig danach und es war nicht einfach, davon loszukommen.

»Das geht so nicht. Sie sind in Therapie und es geht Ihnen immer schlechter. Sie müssen Ihre Aggressionen anders herauslassen – Sie dürfen sie nicht gegen sich selbst richten. Und hören Sie auf, sich für Dinge zu bestrafen, für die Sie nichts können.«

Undine zog ihren Ärmel noch weiter über die Hand. Er würde hinterher vollkommen ausgeleiert sein.

»Ich wollte es ja eigentlich auch nicht mehr machen.«

Frau Kramer-Michels hatte ihre Beine übereinandergeschlagen und wechselte nun das Standbein. Undine lauschte, wie ihre Strumpfhosenbeine aneinander rieben.

»Gab es in dem Moment denn keine andere Möglichkeit, Ihre Aggressionen loszuwerden? Ein Kissen gegen die Wand werfen, heiß duschen, joggen, Tagebuch schreiben, irgendetwas?«

Undine blickte auf. Diese dummen Alternativvorschläge. Frau Kramer-Michels müsste wissen, dass es nicht das Gleiche war. Trotzig richtete sie sich etwas auf. War es denn so schwer, zu verstehen, dass sich Selbsthass nicht einfach umpolen ließ?

»Nein, es gab keine andere Möglichkeit und wenn es eine gegeben hätte, hätte ich sie nicht gewollt.«

Frau Kramer-Michels sah sie an und schwieg. Undine hasste dieses Schweigen, diesen eindringlichen Blick.

»Womit haben Sie sich verletzt?«

Undine blickte zu Boden und klammerte sich an ihrem Ärmel fest.

»Mit einem Cutter.« Ihre Stimme war leise.

»Mit einem Cutter?« Frau Kramer-Michels Stimme war lauter geworden und klang entsetzt. »Sonst waren es doch Nadeln oder Messer, erinnere ich mich da richtig?«

Undine nickte beschämt. Ja, mit dem Cutter war es das erste Mal gewesen. Sonst machte sie es mit anderen scharfen Gegenständen. Sie hatte auch schon mal eine Scherbe genommen und einmal, weil gerade nichts anderes zur Hand war, eine CD zerbrochen und sich mit der scharfen Kante geschnitten. Nur mit Rasierklingen verletzte sie sich nie. Obwohl die vielleicht noch schärfer gewesen wären.

Aber Rasierklingen waren die in der kleinen Schachtel. Er bewahrte sie als Ersatz in dem braunen Spiegelschrank neben seinem Aftershave auf und klickte sie in sein Rasiermesser, wenn die alten stumpf waren. Die gebrauchten ließ er dann mitsamt dem Papier auf dem Waschbeckenrand liegen, damit die Großmutter sie wegräumte. Das tat er auch mit den Bartstoppeln, die waren grau und borstig in das braune Keramikwaschbecken gefallen.

Manchmal hätte Undine sich gerne mit den alten Rasierklingen wehgetan. Aber sie nahm seine Sachen nicht. Niemals.

Alles, was von ihm war, durfte sie nicht berühren.

Aber das musste sie ihrer Therapeutin ja nicht auch noch auf die Nase binden. Frau Kramer-Michels warf ihr einen strengen Blick zu.

»Undine, langsam finde ich das nicht mehr lustig. Wo soll das noch hinführen? Die Gegenstände immer schärfer, die Wunden immer tiefer und irgendwann sind es dann die Pulsadern? Wollen Sie das?«

Undine wich dem Blick von Frau Kramer-Michels aus und betrachtete ihre Hand. Sie stellte sich vor, wie sie ihre Pulsadern treffen und anschließend ins Schwimmbecken springen würde. Tauchen würde sie, eine rote Blutspur hinter sich herziehen und nie wieder auftauchen.

Einfach nicht mehr auftauchen.

Adrian rührte in seiner Kaffeetasse, obwohl er den Kaffee schwarz trank. Er rührte, als könne er dadurch etwas bewegen, als könne er dadurch die Zeit zurückdrehen oder vor. Sie saßen an einem Ecktisch im *Café du Congo*, einem schmalen engen Café mit alten Holzfenstern, durch die man die Luisenstraße mit ihren kleinen Kneipen und Läden in alten Gründerzeithäusern sehen konnte. Adrian zog seinen Löffel aus der Tasse, leckte ihn ab und starrte auf den Kaffee, der sich auch ohne Löffel weiter drehte.

»Sie meldet sich einfach nicht. Überhaupt nicht.«

Die Kaffeedrehungen wurden langsamer.

»Dabei habe ich mich entschuldigt. Gut, vielleicht hätte ich sie nicht einfach ans Bein fassen sollen, aber mehr als um Entschuldigung bitten kann ich doch auch nicht ... Der Abend war so schön – der Film, die Stimmung, alles passte.«

Frank schlürfte seinen Cappuccino.

»Lass ihr Zeit.«

Der Kaffee stand ruhig in der Tasse. Verzweifelt nahm Adrian seinen Löffel und begann erneut, ihn umzurühren.

»Zeit lassen? Die ruft mich nicht mehr an. Bestimmt nicht.«

Frank betrachtete Adrians Rührexperimente.

Adrian dachte an Undines Flucht, irgendwas machte er immer falsch, selbst die blöde Melanie hatte am Sonntag nicht mit ihm mitgehen wollen. Lloyds Worte kamen ihm in den Sinn: *Nie wird jemand bleiben und nie was richtig sein.* Ja, genau so fühlte es sich an.

Frank schien seine Verzweiflung zu bemerken, denn er klopfte ihm aufmunternd auf die Schulter.

»Hey, dann fang sie irgendwo ab, was weiß ich. Wenn sie im Zoo arbeitet, dann warte halt am Zoo auf sie.«

»Und wenn sie mich nicht sehen will?«

Frank nahm seinen letzten Schluck Cappuccino.

»Dann musst du dir eben etwas einfallen lassen.«


Frau Kramer-Michels hatte ihr Gespräch mit Undine auf den Boden verlagert. Nun saßen sie sich auf zwei Sitzkissen gegenüber. Undine fragte sich, wozu das gut sein sollte. Sie hatte ihre Beine angezogen, ihre Arme um die Unterschenkel geschlungen und ihr Kinn auf ihre Knie gelegt.

Frau Kramer-Michels hatte sich so gefaltet, dass sie trotz ihres Rockes problemlos und sogar noch fast elegant auf dem Kissen sitzen konnte.

»Sie sollten versuchen, in Zukunft etwas netter zu Ihrem Körper zu sein.«

Undine sah zu Boden. Sie versuchte immer noch, mit ihrem Ärmel den Verband so gut wie möglich zu verdecken.

»Ich will diesen Körper nicht.«

»Aber Sie haben diesen Körper nun einmal.«

Frau Kramer-Michels sprach nun ruhig und freundlich.

Doch Undine wollte nicht über ihren Körper reden. Sie hasste solche Gespräche.

»Am liebsten würde ich alles zerkratzen, meinen ganzen Körper.«

»Hören Sie auf damit.« Frau Kramer-Michels hatte die Freundlichkeit vier Wörter lang aus ihrer Stimme genommen, dann wurde sie wieder sanfter. »Überlegen Sie lieber einmal, von welchen Körperteilen Sie sagen können, dass sie wirklich zu Ihnen gehören.«

Undine zuckte mit den Schultern und sah Frau Kramer-Michels vorsichtig an.

»Ich weiß nicht ... Vielleicht mein Kopf.«

Die Therapeutin beugte sich leicht nach vorne.

»Und sonst?«

»Sonst nichts.« Undine wich ihrem Blick aus.

Sie schwiegen eine Weile und Undine fühlte nichts – ihren Körper sowieso nicht, vielleicht aber auch nicht einmal ihren Kopf.

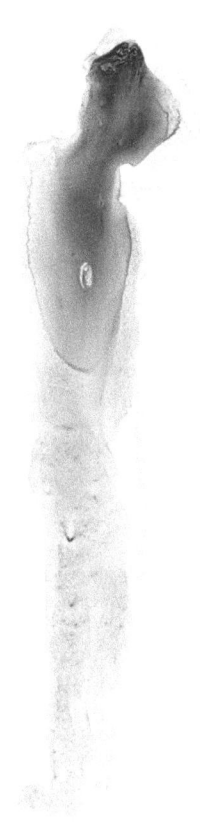

Plötzlich wurde Frau Kramer-Michels' Stimme ernst.

»Wollen Sie ein Geist sein?«

Undine versuchte, ihre Beine noch mehr anzuziehen, und nickte langsam. Der Teppich verschwamm vor ihren Augen.

»Sie wissen genau, dass das nicht geht. Sie können kein geistiges Wesen sein.«

Undine nickte wieder. Sie hatte einen Kloß im Hals. Wenn sie es gekonnt hätte, hätte sie gerne geweint.

Ein Schwarm von Neonsalmlern schwamm zwischen den Aquariumpflanzen. Undine liebte diese kleinen blau-roten Fische und ihre aufmerksame, manchmal fast hektisch wirkende Art, sich zu bewegen. Ihr blauer Leuchtstreifen wurde im Licht des Aquariums reflektiert. Mehrere Diskusfische schwammen ebenfalls im Becken. Manche waren blau, manche gelb und andere gemustert – sie alle sahen prächtig aus mit ihrem platten, fast zweidimensional wirkenden Körper. Bei den gemusterten Exemplaren war der Übergang zwischen Körper und Flossen kaum auszumachen. An den Segelflossern mit den vier schwarzen Streifen und den rötlichen Augen faszinierte sie am meisten ihre elegante Art zu schwimmen.

Am liebsten wäre Undine ins Wasser gegangen und hätte sich an den langen Flossenstrahlen der Segelflosser festgehalten. Sie wäre mit ihnen durch das Dickicht der Wasserpflanzen geschwommen, vorbei an den Neonsalmlern und den Diskusfischen, immer weiter wäre sie mit ihnen geschwommen. Vielleicht hätten die Segelflosser sie zu ihren Schwestern, den kleinen Meerprinzessinnen, gebracht. Sie vermisste sie.

»Kann ich Ihnen weiterhelfen?«

Undine erschrak, als auf einmal eine Verkäuferin der Zoohandlung vor ihr stand und sie aus ihren Gedanken riss.

»Äh ... nein, ich ... ich gucke nur.«

»Gerne.« Die Verkäuferin verschwand Richtung Fischfutter.

Undine seufzte. Gerade war es doch so schön gewesen in dieser Welt dort zwischen den Wasserpflanzen, die bohrende Frau-Kramer-Michels-Fragen nicht kannte.

Sie hatte vor der Scheibe des Aquariums gehockt und ganz vergessen, dass sie in einer Zoohandlung war. Das Geschäft lag auf ihrem Nachhauseweg, wenn sie einen Termin in der Praxis von Frau Kramer-Michels hatte, deshalb kam sie manchmal hierher. Undine richtete sich auf, jetzt blickte sie von oben ins Aquarium.

Die Pumpe sorgte dafür, dass die Wasseroberfläche niemals ruhig war. Durch das bewegte Wasser veränderten Steine, Pflanzen und Fische ihre Form. Sie sahen von oben ganz anders aus als durch die Seitenscheiben. Die Neonsalmler wirkten wie rot-blau verwischte Flecken. Auch die Segelflosser und die Diskusfische erschienen Undine fremd. Sie fühlte sich, als wäre sie zuvor wirklich fast mit den Segelflossern mitgeschwommen, hätte sich entführen lassen in die Unterwasserwelt. Das war von hier oben an der Wasseroberfläche, wo die Technik blubberte und das Aquarium ihr viel kleiner erschien, völlig undenkbar.

»Sie müssen sich der Realität stellen«, hatte Frau Kramer-Michels schon oft zu ihr gesagt.

Okay, die Realität war, dass sie in einer Zoohandlung stand und Fische betrachtete. Die Realität. Sie hatte es wieder getan. Sie hatte sich geschnitten.

Aber hey, hatte sie es am Montag nicht geschafft, statt sich selbst wehzutun unter die Dusche zu gehen, um diesen Drang loszuwerden? Sie hatte ihn besiegt. Das hatte sie ganz vergessen, Frau Kramer-Michels zu berichten. Eigentlich hatte sie doch bis vor Kurzem alles gut gemeistert.

Bis Adrian in ihr Leben gekommen war.

Sie hatte sich sogar getraut, mit ihm in eine Kneipe zu gehen und ihn zu Hause zu besuchen. Mutig sei das von ihr gewesen, hatte sie sich eingeredet. Vielleicht war es auch bloß übermütig gewesen. Sie würde ihn einfach nie wieder sehen und ihr Leben so leben wie zuvor.

Punkrockmusik dröhnte aus Adrians weit geöffneten Wohnzimmerfenstern. Er hatte mal wieder die Uni geschwänzt. Aber heute war es für einen guten Zweck gewesen. Er war froh, dass er sich mit Frank getroffen hatte. Jetzt ging es ihm besser. Adrian schlenderte zur Anlage und stellte das *Innung*-Lied lauter.

*Ich hätt' dir gern noch mehr von mir erzählt,*
*ein Wort gibt es immer, das mir am Ende fehlt.*
*Ist die Grenze meiner Sprache die Grenze meiner Welt?*
*Das ist die Frage, die mich heut' Nacht quält.*

Adrian betrachtete sein Werk. Er hatte es auf dem Fußboden vor sich ausgebreitet. Es gefiel ihm.

*Und dann träum' ich von Musik und Anarchie,*
*von Liebe, Lärm und Poesie.*
*Ich schreib dir Gedichte und du kannst mich versteh'n,*
*schade nur, dass Träume so schnell zu Ende geh'n.*

Adrian war sich sicher: Damit würde sie ihn nicht wegschicken. Sie musste mit ihm reden, sie musste einfach. Zufrieden wusch er sich die Hände und schob sich eine Tiefkühlpizza in den Ofen.

Abends, wenn das Aquarium geschlossen wurde, war es am schönsten bei den Fischen. Der Besucherlärm war fort und alles war still. Nur die Pumpen der Aquarien blubberten rhythmisch vor sich hin. Undine liebte diese Zeit. Bevor sie Feierabend machte, ging sie oft noch an allen Aquarien vorbei und sah die Fische einen Augenblick an, als würde sie ihnen eine gute Nacht wünschen. Undine mochte diese Zeremonie. An Tagen, an denen sie nicht nach der Arbeit zu Frau Kramer-Michels hetzen musste, zog sie das Fischebetrachten auch gerne in die Länge.
Zuerst sagte sie den Madagaskar-Buntbarschen gute Nacht, danach den Goldring-Borstenzahn-Doktorfischen, den Mosaikfadenfischen, den Pinzettfischen und schließlich den Gelbmasken-Kaiserfischen und all den anderen. Manchmal vergaß sie dabei die Zeit. Dann kam der Kurator des Zoos

vorbei und fragte, ob sie nicht Feierabend machen wollte.

Auch heute hatte sie eine Weile die Ruhe und den ungestörten Anblick der Aquarien genossen. Sie zog ihre Arbeitskleidung aus und wechselte sie gegen ihre Straßenkleidung. Schließlich warf sie den Fischen noch einen letzten Blick zu, bevor sie das Aquarium verließ und die Zoowege hinunter zum Haupteingang lief. Die Eisbären waren schon in ihrem Haus und auch die Schafe und Ziegen ließen sich nicht am Zaun blicken. Die Kassiererin hatte ebenfalls schon Feierabend, nur in der Zoogaststätte hörte Undine noch ein paar Leute, als sie das Gelände verließ.

Der Weg zur Haltestelle führte leicht bergab eine mit Bäumen gesäumte Straße entlang, an alten Villen, einem Restaurant und am Stadion vorbei. Undine besah sich die alten Häuser und verlor sich in Gedanken. Sie ließ das Restaurant hinter sich, steuerte auf das Stadion zu und wandte ihren Blick von den Häusern ab. Plötzlich blieb sie stehen. Was war das?

An den alten Kassenhäuschen des Stadions hing ein großes, bemaltes Bettlaken. Zwei Fische waren darauf abgebildet, der eine in Blau-, der andere in Rottönen. Die Fische wandten sich einander zu. Zwischen ihren Mündern stiegen Blasen hoch, bei denen man nicht genau erkennen konnte, welche Blase von welchem Fisch kam.

Darüber stand in großen schwarzen Buchstaben: »Undine, rede mit mir!«

Neben dem Laken stand Adrian und blickte nervös in ihre Richtung. Der Rotbarsch.

Undine schluckte. Sie konnte unmöglich daran vorbeigehen, als würde sie nichts bemerken. Und zurück zum Zoo konnte sie auch nicht mehr, denn Adrian hatte sie bereits gesehen. Die Fische sahen schön aus. Ob er sie selbst gemalt hatte? Sie wollte sie gerne aus der Nähe betrachten. Zögerlich ging sie auf das Bettlaken zu.

Kugelig und mit großen Schuppen waren die Fische gemalt. Ein bisschen in der Art, wie Fische in Kinderbüchern dargestellt werden.

Undine warf einen kurzen Blick zu Adrian. Da waren sie wieder, die Rotbarschaugen. Ein bisschen glubschig und in graugrünblau. Erwartungsvoll blickten sie sie an.

Undine fuhr mit der Hand über den blauen Fisch.

»Gefallen mir gut, die Fische.« Vorsichtig sah sie zu Adrian.

»Es tut mir leid wegen Samstag.« Adrian spielte nervös mit seinen Händen.

»Es war nicht deine Schuld. Ist schon in Ordnung.«

Sie schwiegen. Undine besah sich die Blasen, die aus den Fischmündern nach oben stiegen.

»Was hast du gemacht?« Adrian deutete auf ihren Verband.

Sie schob schnell ihre Jacke darüber.

»Ach, nichts Schlimmes. Ist bei der Arbeit passiert.«

Oder es war die Katze oder die Dornen oder der Stacheldrahtzaun, dachte sie. Irgendetwas fiel ihr immer ein. Und die Leute glaubten es.

»Hast du noch was vor?«, fragte Adrian vorsichtig.

Undine schüttelte gedankenversunken den Kopf.

»Nein, ich hab Feierabend.«

Was hatte sie da gesagt? Das Fischbettlaken war schön, aber deshalb musste sie Adrian ja nicht verraten, dass sie keine Termine mehr hatte. Sie wollte doch eigentlich nicht mehr ... Aber die Fische hatte er wirklich schön gemalt.

Graugrünblau und hoffnungsvoll blickte er sie an.

»Ich muss nachher noch mal zur Uni. Hast du Lust mitzukommen? Ich zeige dir was.«


Adrian war glücklich. Er hatte gewusst, dass es funktionieren würde. Und nun – er konnte es kaum glauben – saß sie neben ihm im Bus und sie fuhren gemeinsam zur Uni hoch. Er hatte sich für die Sprechstunde seines Englisch-Professors eingetragen, deshalb musste er am Abend noch mal zur Uni. Und das konnte er diesmal nicht sausen lassen, denn es ging um seine Hausarbeit und der Prof erwartete ihn. Aber die Sprechstunde begann erst in einer halben Stunde und so konnte er noch etwas Zeit mit Undine verbringen.

»Hier müssen wir raus«, sagte er zu ihr, als der Bus am Haupteingang vorfuhr. Undine stieg hinter ihm aus und stellte sich schüchtern neben ihn. Sie sah aus, als wäre sie wie in Trance den Fischen auf dem Bettlaken gefolgt und nun aus ihrem Zustand erwacht. Adrian musste schmunzeln.

»Dort entlang.« Er führte Undine an den hohen Siebzigerjahre-Gebäuden vorbei, die sich eng auf den Uniberg drängten. Westseitig des Hügels folgten terrassenartig ein Parkhaus, das Hochschulsozialwerk und die Mensa.

Doch zwischen den oberen Hauptgebäuden und den unteren Mensagebäuden lag ein grüner Hang mit einer Bank. Wenn etwas an dieser grauen Uni schön war, dann war es dieser Platz mit dem Panoramablick auf die Stadt.

Von dem Hauptgebäude aus musste man den grünen Hügel ein Stück hinaufsteigen, oben erstreckte sich der Wiesenhang hinunter bis zu Bäumen, hinter denen sich das Häusermeer der Innenstadt ausbreitete mit einzeln herausragenden Kirchtürmen und Hochhäusern. Adrian deutete auf die Bank und sie setzten sich. Das zusammengefaltete Bettlaken legte er zwischen sich und Undine.

»Warst du schon mal hier oben?«

Sie schüttelte den Kopf. »Nein, noch nie. Aber es ist schön hier.«

Undine hatte ihre Beine angezogen und mit ihren Händen umschlossen. Er hatte gehofft, dass sie diesen Ausblick auch mögen würde. Zufrieden blickte er auf das Häusermeer und die Hügel auf der anderen Seite.

Undine war erstaunt, dass man von hier aus so einen schönen Blick ins Tal hatte. Das hatte sie nicht gewusst. Wie auch, wo sie doch im Tal wohnte und arbeitete und keinen Grund hatte, auf die Höhen zu gehen. Sie kannte nur die eng aneinander gequetschten Häuser im Tal und die geräumigen Villen im Zooviertel. Undine blickte auf das Bettlaken, das Adrian zwischen sie gelegt hatte. Es war ein bisschen wie ein Abstandhalter, die Fische sorgten dafür, dass Adrian ihr nicht zu nahe kam. Das gefiel ihr.

Aber es war alles so schnell gegangen. Sie wusste gar nicht genau, wieso sie eigentlich jetzt hier oben saß neben Adrian, der über den Ausblick philosophierte.

»Ich finde, von hier sieht die Stadt aus wie eine Modelleisenbahnlandschaft. Als ob die Häuser an den Berg geklebt wären ... Irgendwie idyllisch ... Als ob es keine Probleme gäbe.«

Undine überlegte. »Und wenn du da unten im Tal stehst, erscheint dir alles so eng. Aber es ist ja auch eng. Die Wupper sieht man von hier gar nicht, oder? Und so richtig weit gucken kann man auch nicht.«

Der Blick von hier oben bestätigte Undine ihr Gefühl der Enge, das sie unten in der Stadt immer hatte.

Adrian sah sie verständnislos an. »Nicht weit gucken? Immerhin kannst du von hier bis nach Barmen gucken. Nützenberg, Uellendahl, die Hardt – du kannst doch eigentlich alles sehen.«

Undine begriff, dass Adrian sie nicht verstand. Die Hügel in der Stadtlandschaft begrenzten den Blick. Er kannte wohl nicht die Weite des Meeres.

»Aber es ist nicht unendlich«, versuchte sie ihm zu erklären. Sie spürte seinen Blick von der Seite.

»Muss es das denn sein?«

Sie lächelte. »Wahrscheinlich nicht.« Vielleicht sollte sie aufhören, alles mit dem Meer zu vergleichen. Schließlich hatten auch Hügellandschaften ihre Berechtigung.

Sie saßen schweigend nebeneinander und blickten auf die abendliche Stadt.

Adrian wandte sich ihr zu.

»Ich muss jetzt leider in die Sprechstunde von meinem Prof. Sehen wir uns wieder?«

Undine überlegte. Es war schön hier oben und eine nette Idee von ihm gewesen.

Aber wiedersehen? Auf diese Frage war sie nicht vorbereitet. Und eigentlich hatte sie ihn doch gar nicht mehr sehen wollen. Alleinsein war sicherer. Doch ihr Blick fiel auf das Bettlaken, sie musste lächeln und spürte eine leise Aufregung in ihrem Bauch.

»Ja.«

Hilfe, sie hatte einfach ja gesagt.

Wieso tat sie das? Hatte sie vergessen, was nach dem letzten Treffen geschehen war?

Adrians Gesicht erhellte sich. »Samstagabend um acht im *Café du Congo*?«

Die Aufregung in ihrem Bauch schob alle Zweifel beiseite.

»Okay«, sagte sie und lächelte.

Adrian stand auf, nahm seinen Rucksack und deutete auf das Bettlaken.

»Du kannst es behalten, wenn du willst.«

»Danke.« Undine nahm das Bettlaken auf ihren Schoß und betrachtete das Fischauge, das durch die Faltung oben lag.

Adrian verabschiedete sich und schlenderte Richtung Unigebäude. Sie blickte hinter ihm her. Er war nett. Und er konnte Fische malen. Das Bettlaken hatte er nur für sie bemalt und sie musste zugeben, dass sie sich darüber freute.

Undine blieb noch eine Weile auf der Bank sitzen. Es dämmerte. Unten in der Stadt gingen die ersten Lichter an. Es war kein Meer. Es war kein Wasser. Es waren einfach nur Häuser und bewaldete Hügel. Aber eigentlich sah es ganz schön aus. Wenn sie wieder unten im Tal wäre und sich eingeengt fühlte, würde sie versuchen, sich diesen Blick in Erinnerung zu rufen.


Adrian war es wirklich schwergefallen, sich in der Sprechstunde bei seinem Professor zu konzentrieren. Die ganze Zeit hatte er an Undine denken müssen. Gut, dass er jetzt im Bus auf dem Weg nach Hause saß. Das mit dem Bettlaken hatte funktioniert. Manchmal war es vielleicht doch gar nicht so schlecht, malen zu können. Die Fische hatten ihr gefallen. Und auf dem Uniberg war Undine richtig locker geworden, hatte ihn sogar angelächelt.

Wenn er daran dachte, wurde er richtig kribbelig. Beim Betrachten der Fische hatten ihre Augen geleuchtet. Er würde ihr Leinwände voll Fische malen, ihre ganze Wohnung mit Meerestieren verzieren, notfalls würde er auch nachts die Autobahnbrücken der Stadt voll mit freundlichen Fischen sprayen – wenn sie ihm nur nicht wieder davonliefe.

Er konnte es kaum erwarten, sie am Samstag wiederzusehen. Im *Congo* hatte Frank ihm den Tipp gegeben, sich etwas einfallen zu lassen und Undine vorm Zoo abzufangen. Das hatte geklappt. Vielleicht brachte ihm das *Café du Congo* Glück, deshalb wollte er sich genau dort mit ihr treffen.

Das Wasser kochte. Undine goss es in die Teekanne, sodass die schwarzen Blättchen durcheinanderwirbelten. Als sie die Kanne auf das Stövchen auf dem Küchentisch stellte, beruhigten sich die Blättchen langsam. Sie musste an Fritjof denken. Wie viele Tassen Tee sie mit ihm wohl schon getrunken hatte? Fritjof trank den Tee mit Kluntje und Milch, sie selbst trank ihn meist schwarz.

Sie holte sich eine Tasse und ein Sieb und schenkte sich Tee ein. Die Blättchen blieben im Sieb hängen und bewegten sich nun gar nicht mehr. Sie ließ das Sieb abtropfen und gab es in ein Schälchen. Der Tee dampfte. Undine legte ihre kalten Hände um die warme Tasse.

Ihr gegenüber hing das kleine Mädchen an der Wand. Sie spürte seinen Blick. Es wollte, dass Undine sich mit ihm beschäftigte. Mit ihm und den traurigen Augen.

Undine wandte ihren Blick ab. Heute nicht.

Auf dem Stuhl neben ihr blubberte es. Das Bettlaken. Sie nahm es auf den Schoß und faltete es so
auseinander, dass der blaue Fisch zu sehen war.
Sie betrachtete ihn lange und musste lächeln.
Das war das schönste Geschenk seit Langem, das
ihr jemand gemacht hatte.
Man müsse vorsichtig sein mit Geschenken,
mahnte das kleine Mädchen an der Wand. Aber
Undine hörte es nicht.

Im Kampf um den Anfang hatte sie überlegt, ob Frau Kramer-Michels wohl erkältet sei, denn ihre Nase war leicht gerötet. Als sie Undine dann aber den Sieg gönnte und mit ihrem »Wie geht es Ihnen?« klein beigab, merkte Undine, dass ihre Stimme nicht erkältet klang.

Wie es ihr ging? Nicht schlecht. Eigentlich sogar ganz gut. Das mit Adrian machte ihr schon etwas Angst, aber ein ganz kleines bisschen freute sie sich auch, dass sie ihn Samstag wiedersehen würde.

»Ich ...« Undine wollte gerade anfangen zu reden, als Frau Kramer-Michels sie unterbrach.

»Nein, warten Sie, wir machen das anders. Stellen Sie sich eine Landschaft vor. Eine Landschaft, die am ehesten ihre momentane Stimmung wider-spiegelt.«

Undine seufzte. Was sollte das nun schon wieder? Warum konnte sie sich nicht einfach ganz normal mit Frau Kramer-Michels unterhalten?

»Haben Sie eine Landschaft? Was sehen Sie?«

Undine überlegte. Dann fiel ihr plötzlich etwas ein.

»Blaue Ufer.«

Frau Kramer-Michels blickte sie erstaunt an.

»Blaue Ufer?«

»Ja.« Undine dachte daran, dass sie sich sonst bei solchen Übungen meistens schwarze Wälder oder irgendetwas sehr Düsteres ausdachte. Aber dies-mal war ihr eben etwas anderes in den Sinn ge-kommen.

Frau Kramer-Michels sah sie immer noch fragend an.

»Was meinen Sie damit?«

Undine rief sich das Bild ins Gedächtnis, das sie eben noch vor ihrem inneren Auge gesehen hatte: ein verschwommenes Ufer in der Ferne.

»Ich sehe ein Ufer. Das habe ich lange Zeit nicht gesehen, vielleicht auch nicht sehen wollen. Aber das Ufer ist blau. Ich meine, da ist so viel Fremdheit, Ungewissheit.«

»Fürchten Sie sich vor dem Ufer?«

Undine war sich nicht sicher, ob sie es gut fand, mit Frau Kramer-Michels in Bildsprache zu reden. Wer weiß, was die da wieder hineininterpretieren würde.

»Ja, schon. Ich weiß nicht, ob ich auf so ein Ufer vertrauen kann. Ob ich nicht lieber weiter untergehe.«

Den Untergang kannte sie schließlich, dachte Undine. Wenn Frau Kramer-Michels die Bilder haben wollte, dann sollte sie sie bekommen.

»Es geht immer noch so eine Faszination von der Dunkelheit aus. Ich traue dem Licht nicht.«

Es würde doch wieder alles schiefgehen. So wie es immer schiefgegangen war.

Frau Kramer-Michels sah sie ernst an. Undine war eigentlich nicht zum Lachen zumute, trotzdem versuchte sie, nicht an die rote Nase zu denken.

»Aber Sie wissen, dass in der Dunkelheit nicht Ihre Zukunft liegen kann?«

Undine runzelte die Stirn.

»Ja, aber wer garantiert mir, dass es besser wird als jetzt? Dass es sich lohnt?«

Ihr ging es doch eigentlich gut so. Sie kam doch zurecht.

»Das kann Ihnen niemand garantieren. Sie müssen schon darauf vertrauen.«

Adrian stand mit Telefon in der einen und Pinsel in der anderen Hand vor seiner Staffelei.

»Es war auf einmal alles so einfach. Ich glaube, die Fische haben ihr gefallen. Sie hat gesagt, dass es nicht meine Schuld sei und dann haben wir über das Thema nicht mehr gesprochen.«

Er hatte aus Versehen Farbe auf die Holzdielen gekleckst und bewegte sich mit dem Telefon in die Küche, um einen Lappen zu holen.

»Sie ist sogar noch mit auf den Uniberg gekommen. Und wir sehen uns Samstag wieder. Ich kann es noch gar nicht glauben.«

Während Adrian die Farbe vom Boden wischte, musste er sich Franks Neckereien anhören.

»Ich geb's ja zu, mich hat's ganz schön erwischt. Aber du hättest sie sehen müssen, wie sie da stand und das Bettlaken gesehen hat. Na ja, vielleicht lernst du sie ja auch bald kennen.«

Adrian brachte den Lappen zurück in die Küche, verabredete sich mit Frank für Samstagnachmittag und legte das Telefon zurück auf die Station.

Dann betrachtete er sein Bild.

Er hatte sie nicht ganz getroffen. Ihre Augen waren dunkler und sie war wohl noch schmaler im Gesicht. Er wusste auch nicht mehr, auf welcher Seite sie ihren Scheitel trug. Oder war es ein Mittelscheitel gewesen?

Nur die blaue Kleidung sah echt aus. Er würde ihr das Bild lieber nicht zeigen. Dazu war es nicht gut genug. Und vielleicht bekam er ja bald die Gelegenheit, Undine zu malen, während sie ihm Modell stand.

Undine wusste jetzt, woher die rote Nase kam. Frau Kramer-Michels hatte die gelben Stoffrollos runtergelassen, damit die Sonne nicht so hereinschien, und jetzt hatte das Licht einen so seltsamen Ton, dass die Nase vielleicht nur röter schien als sonst. Vielleicht könnte sie am Wochenende mal Adrian wegen des Lichteinfalls fragen. Der studierte doch Kunst.

»Sie haben sich selbst eine gewisse Unnahbarkeit geschaffen und nun ist dieser Adrian dabei, sie zu durchbrechen. Ist es das, wovor sie Angst haben?«

Undine zuckte mit den Schultern. »Ja. Vielleicht.«

Klar ließ sie niemanden an sich heran. Aber das tat sie doch nur, weil es sich richtig anfühlte. Das gab ihr Schutz – wenn sie sich von alleine in sich selbst zurückzog, konnte sie auch nicht verletzt werden.

Frau Kramer-Michels legte ihre Handflächen aufeinander, wie manche es zum Beten taten, und bewegte sie im Rhythmus ihrer Worte auf und nieder.

»Möchten Sie diese Unnahbarkeit denn überhaupt aufgeben? Möchten Sie etwas ändern und sich auch auf neue Erfahrungen einlassen?«

Undine zuckte mit den Schultern.

»Eigentlich schon.«

Sie dachte an die Sonderstände, die es manchmal im Kaufhaus gab, und stellte sich Frau Kramer-Michels als Verkäuferin vor. »Hier, meine Damen und Herren, tauschen Sie Ihre Unnahbarkeit gegen neue Erfahrungen. Exklusiv für Sie zum Sonderpreis. Das Angebot gilt nur noch heute. Neue Erfahrungen hier bei uns! Nutzen Sie die Chance!«

»Sie müssen das nicht.«

Frau Kramer-Michels riss sie aus ihren Gedanken. Undine sah sie fragend an.

»Sie können ja auch ins Kloster gehen. Oder einfach enthaltsam leben. Das ist allein Ihre Entscheidung. Sie können Ihre Körperlichkeit leugnen, ein asexuelles Wesen sein. Niemand wird Sie daran hindern. Das ist ganz allein Ihre Sache. Sie müssen sich nur überlegen, was Sie wollen.«

Undine blickte zu Boden.

»Aber das geht ja auch nicht.«

Frau Kramer-Michels wurde lauter.

»Wieso geht das nicht? Natürlich können Sie ins Kloster gehen. Es ist Ihre freie Entscheidung, Sexualität zu leben oder nicht.«

In dem letzten Satz hatte sie fast jedes Wort betont.

Undine wusste nicht, was diese schwachsinnige Diskussion sollte. Sie richtete sich etwas auf.

»Aber ich kann ja nun mal kein geistiges Wesen sein, und deshalb kann ich meine Sexualität auch nicht leugnen.«

Frau Kramer-Michels wurde noch lauter.

»Natürlich können Sie das! Das ist Ihre freie Entscheidung. Niemand zwingt Sie zu irgendetwas.«

Undine war genervt. Was sollte das, dass Frau Kramer-Michels sie auf einmal so anmotzte? Sie holte tief Luft.

»Aber ich habe ja nun mal einen Körper – ob ich das will oder nicht!«

Die letzten Worte hatte sie beinahe geschrien. Sie erschrak vor sich selbst. Stille.

Undine legte ihre Hand vor den Mund und überlegte, was sie da gerade gesagt hatte.

Frau Kramer-Michels war auf einmal ganz ruhig.
Sie schlug ihre Beine übereinander und sah ihre
Klientin fast ein bisschen triumphierend an.

»Aha. Sie haben einen Körper? Ich kann mich
daran erinnern, dass es bei Ihnen vor ein paar Tagen noch gar keinen Körper gegeben hat.«

Undine lag mit dem Rücken auf dem Wasser
und ließ sich treiben. Das Schwimmbad war
fast leer und ihr war heute nicht nach Tauchen.

Sie blickte nach oben. Die hohe Deckenwölbung
der Schwimmoper ließ sie beinahe schwindelig
werden. Die Tribünen rechts und links reichten bis
an die schmalen Fensterreihen unter der Decke.
Durch die Glasfassade an der Südseite fiel Licht,
das durch die Betonstreben gebrochen wurde. Mit
der Sonne im Rücken erschienen die Sprungtürme
groß und herrschaftlich.

Es tat gut, sich vom Wasser tragen zu lassen. Ein
bisschen komisch auch, aber doch ein schönes Gefühl.

Undine fragte sich, warum sie sonst immer gleich
abgetaucht und nicht schon früher auf die Idee gekommen war, sich einmal treiben zu lassen.

Sie schloss die Augen und fühlte sich gut dabei.
Das Wasser ließ sie nicht fallen und gab ihr Si-
cherheit.

Undines Blick fiel auf die alte Kommode. Entschlossen stand sie auf, ging zu dem abgenutzten Möbelstück mit der Marmorplatte und öffnete die große Schublade. Sie wühlte darin.

Da war es wieder: das Bild mit der Meerjungfrau mit dem traurigen Blick.

Undine nahm es heraus und betrachtete es. Ihr war wieder eingefallen, in welcher Klinik sie es gemalt hatte. Es war keine schöne Zeit gewesen damals.

Sie schloss die große Schublade und zog die kleine darüber auf. Sie kramte in den Sachen, bis sie etwas Kühles fühlte.

Da war er, der Cutter. Sie umschloss ihn mit ihren Händen, fühlte seine Kälte. Ihren Daumen legte sie auf den Schieber. Das ratternde Geräusch der ausfahrenden Klinge.

Undine atmete tief durch.

Einen Moment hielt sie inne, dann nahm sie die Klinge hoch und stach sie in das Bild. Mitten ins Gesicht der Meerjungfrau. Sie riss einen langen Schnitt in das Papier und setzte von Neuem an. Irgendwie war sie auf einmal sehr wütend auf das Bild und stach immer wieder darauf ein. Papierschnipsel fielen zu Boden, andere versuchten, sich am seidenen Papierfaden zu halten.

Irgendwann fielen sie alle und aus dem Schnipselhaufen starrten Undine die traurigen Augen vorwurfsvoll an. Undine ließ sie liegen und wandte sich ab.

Adrian starrte durch die Glasplatte des Wohnzimmertisches hindurch. Heute Abend würde es endgültig klappen, da war er sich sicher. Sie musste sich in ihn verlieben, sie musste einfach, wenn sie es nicht schon längst getan hatte.

Ein Zischen riss ihn aus seinen Gedanken. Frank hatte die Kronkorken gelöst und reichte Adrian eine der beiden Flaschen. Adrian hörte auf, durch die Tischplatte zu starren und goss das Bier in sein Glas. Die Glasplatte spiegelte diesen Vorgang auf bizarre Weise und Adrian hätte gerne einen Fotoapparat dabeigehabt, um das Bild für den Fotokurs, den er bald in der Uni belegen würde, festzuhalten.

»Und, bist du nervös?« Frank grinste.

Adrian überlegte. »Bisschen vielleicht, aber eigentlich nicht.«

»Wann trefft Ihr Euch?«

»Um acht.«

»Na, dann drück' ich dir die Daumen.«

»Das klappt schon.« Adrian fühlte plötzlich, dass alles gut werden würde. Eine leise Aufregung meldete sich in seinem Bauch. »Morgen bin ich nicht mehr solo. Das hab ich im Urin. Du wirst schon sehen.«

Frank klopfte ihm auf die Schultern. »Na, dann hoffe ich, dass du recht behältst.«

Ach, dachte Adrian, das wird schon klappen. Was sollte denn jetzt noch schiefgehen? Er würde schließlich nicht ein zweites Mal den Fehler machen, sie ungefragt anzufassen. Und wenn er Glück hatte, würde Undine sogar dieses Mal die Initiative ergreifen.

Als später Franks Wohnungstür hinter ihm ins Schloss fiel und er die Stufen hinunterlief, kam ihm Timo im Treppenhaus entgegen mit einem Fußball unter dem Arm.

»Hey, Timo.«

»Hi.« Timo klemmte seinen Fußball unter den anderen Arm und blickte Adrian zögerlich an. »Sag mal, ich könnte doch noch mal die Fische toll finden …«

»Nee, lass mal.«

»Diesmal kostet es auch nur fünf Euro. Das sind fünfzig Prozent Rabatt!«

»Danke, Timo, aber das wird nicht mehr nötig sein.«

»Dann eben nicht.« Timo zog eine Schnute und stiefelte weiter die Treppe hinauf.

Adrian hüpfte fast, als er die Treppenstufen nach unten nahm. Er musste keine kleinen Jungs mehr bestechen, Undine traf sich auch so mit ihm. Er hatte schon so viel erreicht und er würde auch noch mehr erreichen. Da war er sich sicher.

Undine hatte sich ein weißes, langärmeliges Oberteil angezogen und darüber ein türkisfarbenes, enges T-Shirt. Sie betrachtete ihr Spiegelbild. So figurbetont zog sie sich nur selten an, eigentlich trug sie immer eher weite Klamotten, die meistens auch dunkel waren.

Sie zupfte das T-Shirt zurecht. Ein ganz kleines bisschen mochte sie sich so. Sie öffnete ihre Haare, die sie fast immer hochsteckte. Ein wenig fremd blickte die Spiegelundine ihr entgegen. Ihre braunen Haare waren gewellt und die Enden kringelten sich auf der Schulter zusammen. Ein paar von den vorderen Strähnen nahm sie zurück und steckte sie am Hinterkopf mit einer Haarspange zu einem kleinen Zopf.

Die Spiegelundine blickte Undine fragend an.

Undine lächelte vorsichtig und die Spiegelundine lächelte zurück.

Adrian öffnete die Tür vom *Café du Congo*. Er liebte diese schmale Kneipe mit ihren gemütlichen Holztischen und den Kulturplakaten an der Wand. Es war schon sehr voll.

Er blickte sich suchend um und entdeckte schließlich Undine, die an einem der hinteren Tische vorm Fenster saß. Adrian schob sich an den anderen Tischen vorbei.

»Hi, bin ich zu spät?«

Sie schüttelte den Kopf. »Nein, ich war zu früh.«

Adrian setzte sich. Er sah, dass Undine bereits ein Kiba vor sich stehen hatte, und bestellte sich ein großes Bier.

»War deine Woche okay?«

Undine nippte kurz von ihrem Kiba. Dann erzählte sie. Sie erzählte von ihrer Arbeit im Zoo und ein paar Dinge aus dem Alltag.

Adrian beobachtete sie, wie ihr Mund sich bewegte und ihre Augen leuchteten, weil sich die Kerze auf dem Tisch darin spiegelte.

Sie sah anders aus. Irgendetwas an ihr schien ihm verändert. Er wusste nicht genau, was es war, aber es gefiel ihm.

Die Kellnerin brachte sein Bier. Er erzählte von seiner Woche. Dass er wieder gemalt und endlich seine Shakespeare-Hausarbeit begonnen hatte. Er war beflügelt gewesen diese Woche. Hatte sogar einige Seminare besucht und eben diese Hausarbeit, die er schon lange vor sich herschob, begonnen. Er wusste auch, dass es an ihr lag.

Sie saß da, hörte ihm zu und spielte mit ihren Fingern an dem Kiba-Glas.

Vielleicht waren es ihre Klamotten. Aber irgendetwas war noch anders. Adrian wusste nur nicht, was. Er nahm einen Schluck Bier und überlegte.

»Wenn du Ferien machst, ich meine Urlaub, wo fährst du dann hin?« Undines braune Augen blitzten ihn erwartungsvoll an.

»Unterschiedlich, mal hier hin, mal dort hin. Worauf ich gerade Lust habe.«

»Fährst du in die Berge oder ans Meer?«

»Früher war ich mit meinen Eltern häufig in den Bergen. In Österreich. Später auf Jugendfreizeiten. Meistens an der Ostsee, einmal in Schweden und einmal in Frankreich. Und zuletzt mit einem Kumpel in Spanien und ein paar Tage in Amsterdam.«

Er sah sie an. Jetzt kam ihm in den Sinn, dass er Undine noch nie mit offenen Haaren gesehen hatte. Das war es also. Es stand ihr richtig gut.

»Und du, ich meine, bei deinem Beruf, fährst du da ans Meer oder kannst du Wasser oder Fische nicht mehr sehen und flüchtest in die Berge?«

Undine lachte. »Ans Meer. Immer ans Meer. Mein Cousin Fritjof wohnt an der Nordsee. Ihn besuche ich immer.«

Adrian bestellte sich ein neues Bier.

»Fritjof? Was ist das für ein Name? Klingt komisch, habe ich noch nie gehört.«

Undine leerte ihr Kiba.

»Ich weiß nicht, ich kannte den Namen ja schon immer. Ich glaube, der kommt aus dem Norden. Na ja. Manche Leute finden nicht nur seinen Namen komisch.«

»Sondern? Ihn auch? Wieso?«

»Er lebt auf einem Grundstück neben einer Gartensiedlung ganz nah am Wasser. In einem umgebauten Gartenhaus mit zwei Zimmern, Küchenzeile und Toilette. Und daneben einem Wohnwagen. Ihm reicht das. Er hat alles, was er braucht.«

»Ist doch cool.«

»Ja, das finde ich auch. Aber viele Menschen mögen es nicht, wenn man nicht so ist wie alle. Sie finden es verrückt, wenn jemand ein Baugrundstück erbt und sich dann ein Holzhaus daraufbaut, das kaum größer ist als die Gartenhütten der Siedlung daneben. Dabei ist Fritjof ganz normal. Er geht arbeiten, er ist Nachtwächter, und er fällt auch nicht irgendwie auf, er lebt eben nur in einem kleinen spartanischen Häuschen mit viel Garten.«

»Ich finde das cool«, bestätigte Adrian.

»Wobei er nicht immer Nachtwächter war«, fügte Undine leise hinzu. »Du hättest ihn hören sollen, wie er Akkordeon spielte. Eigentlich wollte er studieren und Musiker werden. Und das hätte auch geklappt, wenn er nicht die Arthrose bekommen hätte. Am Anfang hat er noch gekämpft, tagsüber ohne Ende geübt, um die Beweglichkeit seiner Finger zu trainieren, und abends hat er als Nachtwächter gearbeitet, um Geld zu verdienen. Aber irgendwann war klar, dass er den Kampf nur verlieren konnte, dass die Beweglichkeit seiner Finger nicht für eine Musikerkarriere reichen würde. An dem Tag, als er das erfahren hat, hat er beschlossen, seine Wohnung zu kündigen, sich ein Gartenhaus umzubauen und ganz nah ans Wasser zu ziehen. Aber ich glaube, er hat sich inzwischen damit abgefunden, dass das mit der Musikerkarriere nichts geworden ist, und ist zufrieden. Wenn ich bei ihm bin, ist es zumindest immer sehr lustig.« Undine strahlte, während sie erzählte.

»Du magst deinen Cousin, oder?«, fragte Adrian.

Sie nickte. »Er ist sozusagen ... meine Familie.«

Die letzten Worte hatte sie leiser gesprochen und Adrian nahm dies als Alarmsignal, das Thema zu wechseln.

Er erzählte von seinen Cousins und Cousinen, zu denen er gar nicht so viel Kontakt hatte, aber er erzählte einfach.

Undine bestellte sich noch eine Cola und Adrian stieg auf Weizen um. Sie kamen von seinen Cousins auf das Thema einsame Insel, weil Adrians ältester Cousin ausgewandert war, und von der einsamen Insel auf das Thema Traumwohnungen, von dort zum Thema Wohnungseinrichtung, anschließend sprachen sie über Lieblingsfarben und so ging es endlos weiter.

Die Themen hakten sich ineinander, sodass sie einfach immer weiter redeten, als hätten sie nie etwas anderes gemacht, als sich miteinander zu unterhalten.

Diesmal war es wirklich perfekt, dachte Adrian. Die Gesprächsthemen gingen ihnen nicht aus, das gute Bier, die Atmosphäre in der Kneipe – Adrian war beinahe ein bisschen schwindelig vor Glück. Und weil es so nett war, gab er ihr noch eine Cola aus und gönnte sich noch ein Weizen.

Undine war gut gelaunt, als sie mit Adrian das *Café du Congo* verließ. Sie hatten richtig nett miteinander geredet. Dass man sich so gut mit jemandem unterhalten kann, den man kaum kennt, hätte sie nicht für möglich gehalten. Aufregung hatte sich in ihrem Magen mit dem Kiba und der Cola vermischt.

Die schwere, rot gestrichene Kneipentür fiel hinter den beiden ins Schloss und sie blieben etwas unentschlossen auf der Treppe davor stehen.

Die Luisenstraße war von schnörkelig-nostalgischen Laternen, die an den Hauswänden hingen, erleuchtet, schräg gegenüber warf die nächste Kneipe warmes Licht auf den Bürgersteig davor und man konnte die Gäste durch die Fenster sehen. Vielleicht war es doch gar nicht so schlimm, unter Leute zu gehen, überlegte Undine. Im *Congo* hatten sie die anderen Kneipengäste gar nicht gestört, weil sie sich die ganze Zeit so wunderbar mit Adrian unterhalten hatte.

»Und jetzt? Kommst du noch ein bisschen mit zu mir?« Adrian sprach etwas zu laut und sah sie euphorisch an.

Undine warf einen Blick auf ihre Armbanduhr und überlegte. Zögerlich blickte sie zu Adrian.

»Es dauert noch, bis mein letzter Bus fährt. Also ...« Jetzt nicht wieder übermütig werden, mahnte etwas in ihr, aber sie schob es beiseite, lächelte und sagte: »Eine Weile könnte ich noch mitkommen.«

Was hatte sie gesagt?

Sie war sich selbst unheimlich in letzter Zeit. Aber wenn es doch so schön in ihrem Magen kribbelte,

die nächtlich erleuchtete Straße so einladend vor
ihnen lag und Adrian sie zum Lachen brachte ...
Undine war aufgeregt, als sie neben ihm an den hell
erleuchteten Kneipen vorbeiging. Ihre und Adrians
Schritte entlockten dem Asphalt leise Geräusche.
Sie ging neben Adrian und Adrian ging neben ihr.
Es fühlte sich seltsam an und doch irgendwie richtig. Wenn Frau Kramer-Michels sie jetzt so sehen
könnte!

Als Adrian die Haustür aufschloss, wurde Undine etwas mulmig zumute. Ihr war es nun doch unangenehm, dass sie mit Adrian mitgegangen war. Zumal ihr Gespräch auf dem Weg hierher nicht mehr so gut gewesen war wie in der Kneipe.

Sie folgte Adrian durch das alte Gründerzeit-Treppenhaus nach oben. Die Holzstufen waren abgewetzt und an den Wänden klebte altmodische Blumentapete. Auf den Treppenabsätzen standen ausrangierte Möbel und allerlei Unrat.

Adrian blieb im zweiten Stock neben dem Klingelschild mit dem Namen »Berger« stehen, holte seinen Schlüssel aus der Tasche und öffnete. Drinnen stieß die Tür gegen etwas aus Glas, sodass es laut klirrte. Als Undine die Wohnung betrat, kam sie mit dem Fuß gegen etwas Hartes und das scheppernde Geräusch von aneinanderstoßenden Glasflaschen ließ sie zusammenzucken. Sie blickte auf den Boden. Adrian hatte hinter und neben seiner Tür bestimmt vier Dutzend Pfandflaschen stehen und liegen. Das meiste waren Bierflaschen, ein paar Saftflaschen waren auch dabei. Beim Videoabend war Undine diese Ansammlung gar nicht aufgefallen.

»Ich bring's nicht so oft weg, aber das ist ein halbes Vermögen, was darin steckt«, rief Adrian aus der Küche.

Undine ging ins Wohnzimmer und setze sich auf das schwarze Ledersofa, das auch schon bessere Zeiten gesehen hatte. Ihre Jeansjacke behielt sie an und die Tasche stellte sie auf ihren Schoß.

Adrian kam aus der Küche. Erst jetzt fiel Undine auf, dass er etwas wankte. Oder bildete sie sich das nur ein? Er hatte zwei Flaschen Bier in der Hand und hielt ihr eine davon hin.

»Nee, ich mochte nicht.«

Adrian ließ sich in den Sessel fallen und stellte die beiden Bierflaschen vor sich auf den Tisch. Er befreite eine der beiden von ihrem Kronkorken und nahm einen Schluck direkt aus der Flasche.

»Was anderes?« Adrian nuschelte.

Undine schüttelte den Kopf. Sie drückte ihre Handtasche fest vor ihren Bauch. Ihr Blick schweifte unsicher durch den Raum. Adrian malte doch, vielleicht könnte er ihr seine Bilder zeigen und danach würde sie nach Hause gehen.

»Hast du Bilder von dir hier?«

Adrian sah sie verwirrt an. »Fotos?«

»Nein, ich denke, du malst?«

Adrian trank von seinem Bier und grinste.

»Ja, ich hab schon als Kind gerne gemalt.«

Er sprach undeutlich und Undine drückte ihre Finger so fest an den Jeansstoff ihrer Tasche, dass es wehtat.

Sie starrte auf die zerlaufenen Kerzenstummel, die auf der Tischdecke klebten.

»Die Bilder meiner Mutter hatten immer so viel Tiefe.«

Jetzt sag etwas dazu, dachte Undine, rede normal mit mir wie vorhin in der Kneipe und zeig mir deine Bilder. Und hör auf, so dämlich zu grinsen, das macht mir Angst.

Sie blickte zu Adrian, der mit dem Öffnen der zweiten Bierflasche beschäftigt war, obwohl er die erste noch gar nicht geleert hatte. Er lehnte sich in dem Sessel zurück und blickte konfus lächelnd in die Luft.

»Frank sagt immer, Adrian, sagt er, wenn du mal deine erste Ausstellung hast, dann halte ich 'ne Rede.«

Adrian nuschelte in seine Bierflasche. Undine sah ihn verständnislos an und fragte sich, wieso sie wie angewurzelt auf diesem Sofa saß, anstatt einfach zu gehen.

»Und das trau' ich Frank auch zu, der macht das. Wenn der das sagt, dann stellt der sich da hin und hält 'ne Rede.«

Undine blickte auf ihre Uhr, dann etwas verwirrt auf die Wanduhr in Adrians Wohnung.

»Einer wie Frank, der sagt das nicht nur so. Der hält auf jeden Fall ...«

»Scheiße, meine Uhr ist stehen geblieben!« Sie blickte entsetzt zu Adrian. »Jetzt habe ich meinen letzten Bus verpasst.«

Adrian nahm einen Schluck Bier und überlegte kurz. »Ist doch kein Problem. Du kannst hier übernachten.«

Seine undeutliche Aussprache und sein seltsames Grinsen widerten Undine an. Nie im Leben würde sie hierbleiben. Da liefe sie lieber den ganzen Weg zu Fuß, auch wenn es mitten in der Nacht war.

Adrian nahm noch einen Schluck. »Mein Bett ist breit genug!«, sagte er etwas zu laut.

»Ich glaube, das ist keine so gute Idee.«

Adrian blickte sie glasig an. Das war nicht das Graugrünblau, das sie kannte.

»Ich kann auch auf'm Sofa schlafen und du kannst mein Bett haben, wenn du dich nicht traust.«

Undine musste an Frau Kramer-Michels denken und daran, dass sie sich vorgenommen hatte, nicht immer davonzurennen. Überhaupt, wie kam Adrian eigentlich darauf, dass sie sich nicht trauen würde?

Trotzig blickte sie in das glasige Graugrünblau.

»Natürlich trau' ich mich!«

Undine drückte ihre Tasche wieder fest an sich und starrte auf die jämmerlichen Kerzenstummel.

Immerhin hatte Adrian ihr eine zweite Bettdecke und ein Kopfkissen bezogen. Er hatte kein weiteres Bier mehr getrunken und Undine hoffte einfach, dass sie diese eine Nacht irgendwie durchstehen würde. Sie versuchte, nicht hinzugucken, als Adrian seinen Oberkörper entblößte. Nur seine Unterhose ließ er an und wanderte mit seiner Bettdecke an die Wand. Undine starrte auf ihn. Adrian hatte sich die Decke nur bis zur Taille gezogen, sein Oberkörper war immer noch frei. Er stütze sich seitlich auf seinen Ellenbogen und blickte sehnsüchtig zu ihr.

Undine schluckte. In was für eine Situation hatte sie sich manövriert? Sie wollte da nicht hingucken. Stattdessen entledigte sie sich ihrer Turnschuhe und ihrer Jeansjacke. Vollbekleidet legte sie sich auf die andere Betthälfte und zog sich die Decke bis zum Hals. Sie drehte sich auf die Seite, sodass sie Adrian den Rücken zuwandte.

»Ist das so okay für dich?«, nuschelte es hinter ihr.

»Ja, das geht schon. Gute Nacht.«

Undine spürte, wie ihr Herz pochte, wie Angst in ihren Bauch zog, dort, wo vorher noch die leise Aufregung gewesen war. *Du liegst im gleichen Bett wie Adrian*, flüsterte die Angst. Und je mehr sie darüber nachdachte, desto mehr breitete sich dieses beklemmende Gefühl in ihr aus. Aber sie versuchte, sich das nicht anmerken zu lassen und so energisch wie möglich zu klingen. Hoffentlich würde er sich jetzt umdrehen und schlafen. Er sollte aufhören, ihr in den Rücken zu starren.

»Weißt du was, Undine?«

Sie seufzte. »Was denn?«

»Ich mag dich.« Er sagte das einfach so, warf ihr diese Worte in den Rücken und klang dabei gar nicht mehr so laut und konfus wie zuvor.

Undine zog die Bettdecke noch ein bisschen weiter nach oben, halb über den Kopf. Sie musste ihn abweisen, das ging zu weit, er konnte ihr nicht einfach solche Sachen in den Rücken sagen.

»Ja, Adrian, schön für dich. Gute Nacht.«

Einen Moment Stille, in dem sie glaubte, seinen Blick ganz deutlich in ihrem Rücken zu spüren.

»Gute Nacht. Schlaf gut.«

Seine Stimme klang etwas enttäuscht, aber auch müde. Er drehte sich um. Die Matratze gab seine Bewegung an ihren Körper weiter. Sie erstarrte. Dann war es ruhig.

Undine blickte ins Dunkel. Im Raum lag der süßliche Geruch von Bier, der sie schaudern ließ. Der penetrant in ihre Nase kroch und sie einnahm. Ihr war übel. Sie versuchte diesen Geruch aus ihren Gedanken zu schieben, aber er war hartnäckig.

Warum hatte sie sich überhaupt auf diese Übernachtung eingelassen?

Sie hörte Adrian gleichmäßig atmen. Undine zitterte. Sie versuchte, ihren Körper ruhig zu halten, aber er zitterte von ganz alleine. Alles in ihr bebte und sie traute sich nicht, ihre Augen zu schließen.

*»Ich will es«, sagte die kleine Meerjungfrau und ward bleich wie der Tod. »Aber du musst mich bezahlen«, sagte die Hexe, »und es ist nicht wenig, was ich verlange. Du hast die schönste Stimme von allen hier auf dem Grunde des Meeres, damit glaubst du wohl, ihn bezaubern zu können, aber diese Stimme musst du mir geben. Das Beste, was du besitzt, will ich für meinen kostbaren Trank haben! Mein eigenes Blut muss ich dir ja darin geben, damit der Trank scharf werde wie ein zweischneidiges Schwert.«*

Hol mir mal noch eins!« Der Großvater drückte Undine die leere Flasche Bier in die Hand. Undine stieg hinab in den Keller. Sie versuchte, sich nicht vor den Holzratten zu fürchten, und als sie die Flasche in die Bierkiste zurückstellte und eine neue herausholte, wünschte sie sich eine gute Fee herbei, die aus dem Bier Limonade zaubern würde. Undine hasste es, wenn der Großvater Bier trank. Er wurde dann anders und das machte ihr Angst. Sie stellte dem Großvater das Bier hin und wollte schnell in ihrem Zimmer verschwinden.

»Komm mal her!«

Sie machte einen Schritt auf den Großvater zu.

»Na, komm schon!« Der Großvater zog sie zu sich heran. Sein Atem roch süßlich nach Bier. Ihr wurde schlecht bei diesem Geruch.

Undine löste sich von ihm und rannte hinauf in ihr Zimmer. Sie öffnete ihren Kleiderschrank, aber ihre Schwestern waren nicht da.

Wo waren sie bloß? Wieso waren sie ausgerechnet jetzt verschwunden?

Sie setzte sich auf ihr Bett und wartete.

*»Aber wenn du meine Stimme nimmst«, sagte die
kleine Meerjungfrau, »was bleibt mir dann?«*
*»Deine schöne Gestalt«, sagte die Hexe, »dein
schwebender Gang und deine sprechenden Augen.
Damit kannst du schon ein Menschenherz betö-
ren. Streck deine Zunge heraus, dann schneide ich
sie dir an Zahlungs Statt ab, und du erhältst den
kräftigen Trank.«*
*»Es geschehe«, sagte die kleine Meerjungfrau,
und die Hexe setzte ihren Kessel auf, um den Zau-
bertrank zu kochen.*

A ls Undine aufwachte, wusste sie zunächst
nicht, wo sie war. Es dämmerte. Sie drehte
sich vorsichtig um, sah Adrian neben sich schlafen,
erschrak und sprang aus dem Bett.
Bloß weg hier, dachte sie, nahm Tasche und Jacke,
zog ihre Schuhe an und ging ins Wohnzimmer. Ihr
Blick fiel auf das Telefon, sie kramte ihren kleinen
Notizkalender aus der Tasche, nahm den Zettel
mit seiner Telefonnummer und Adresse daraus
und tippte die Zahlenfolge. Eigentlich konnte sie
die Nummer auswendig, aber wenn sie aufgeregt
war, passierten ihr immer Zahlendreher.
Er meldete sich erst nach mehreren Klingelzeichen
und klang verschlafen.
»Fritjof? Hier ist Undine. Hab ich dich geweckt?«
Es sei Viertel nach fünf morgens, hörte sie am anderen Ende, natürlich habe sie ihn geweckt.
»Tut mir leid. Du, kann ich zu dir kommen? Ich
muss hier raus.«

Was denn passiert sei, wollte Fritjof wissen.

»Erkläre ich dir später, okay?«

Undine hörte Geräusche aus dem Schlafzimmer. War Adrian etwa aufgewacht?

»Fritjof, hör zu, ich muss jetzt Schluss machen. Ich bin in ein paar Stunden bei dir. Bis nachher.«

Sie legte den Hörer auf. Zügig, aber so leise wie möglich, packte sie ihre Sachen zusammen und verließ die Wohnung.

D er Hauptbahnhof wirkte sonntags um diese Uhrzeit beinahe verlassen. Undine war das recht. Sie mied den Bahnhof tagsüber, wenn Menschenmassen auf die Bahnsteige drängten und man sich zwischen den vielen Wartenden so verloren vorkam. Mit zügigen Schritten durchquerte sie den Fußgängertunnel – hier roch es nach Bier, so wie bei Adrian, sie wollte diesen Geruch hinter sich lassen, sie wollte Adrian hinter sich lassen. Vor dem Fahrscheinautomaten machte sie halt. Krächzend und mit Blinklicht im Ausgabefach wurde ihr eine Fahrkarte ausgespuckt. Undine steckte sie ein und nahm die Treppe zum Bahnsteig.

Die Anzeige kündigte ihren Zug bereits an, doch eingefahren war er noch nicht. Sie stellte sich vor das Auskunftshäuschen und beobachtete die große Uhr in der Hoffnung, dass der Zeiger sich dadurch schneller auf die Neunundfünfzig bewegen würde. Sie fror in der dünnen Jeansjacke und drückte ihre Handtasche fest an sich.

Um zwei Minuten vor sechs rauschte der Zug in den Bahnhof. Undine stieg erleichtert ein. Nur weg, dachte sie, einfach nur weg.

Landschaft raste an ihr vorbei. Landschaft, die mit jedem Kilometer ebener zu werden schien. Und je mehr Windräder, Kühe und endlos flache Felder Undine sah, desto befreiter fühlte sie sich. Sie beschloss, sich am nächsten Tag im Zoo krank zu melden und erst mal ein paar Tage bei Fritjof zu bleiben. Sie brauchte Abstand von dieser elenden Hügelstadt. Die Fische würden auch einmal ohne sie auskommen, schließlich war ihr Kollege ja da.

Vielleicht hatte sie am Morgen etwas zu panisch reagiert. Eigentlich hatte sie nicht mehr ständig weglaufen wollen. Jetzt floh sie zu Fritjof ans Meer. Die Nordsee war der schönste Ort, den sie sich vorstellen konnte. Zugfensterbilder verwischten und plötzlich kam Undine in den Sinn, dass sie auch an den Ort fuhr, wo damals alles passiert war. Jahrelang.

Dorthin, wo sie niemand gesehen hatte. Wo ihre Kindheit nur in den Sommerferien mit Fritjof eine war. Wo alles mit dem Tod der Mutter begonnen und mit dem Tod des Großvaters aufgehört hatte. Aber niemals richtig aufgehört hatte.

Es kam immer wieder. Es kam bis in die Hügelstadt mit ihren engen Häuserschluchten, kam in die Schwebebahn, sogar in ihre Wohnung – es fand sie überall. Und wenn es nicht kam, dann versuchten irgendwelche Therapeuten, es hervorzuzerren.

Vielleicht gehörte es zu ihr und würde niemals weggehen. Und jetzt fuhr sie in die Richtung, in der die Vergangenheit lag – sie fuhr in das Damalsdunkel. Der Gedanke kam ihr das erste Mal. Sie floh vor Adrian und würde doch wieder nur in der Vergangenheit landen.

Nein. Nein! Nein!!! Die Vergangenheit gab es dort doch gar nicht mehr. Die Großeltern waren gestorben, ihr Haus war verkauft. Dort wohnten schon lange andere Leute. Und in ihrem alten Zimmer wohnten vielleicht Kinder, die glücklich mit Puppen und Lego spielten. Und die Meerprinzessinnen waren irgendwo draußen in den Wellen, weil sie nicht mehr gebraucht wurden. So war es doch.

Es war dort nicht mehr. Und vielleicht würde es auch irgendwann von ihr weggehen. Zumindest nicht mehr ständig präsent sein. Vielleicht konnte man sogar damit leben. Und trotzdem irgendwann normal sein.

Je mehr Undine solche Gedanken in den Kopf kamen, desto unwirklicher erschien ihr der überhastete Aufbruch am Morgen. Sie hätte wenigstens noch kurz zu Hause vorbeigehen und ein paar Sachen einpacken können. Nun hatte sie nur den mageren Inhalt ihrer Handtasche bei sich und die Kleidung, die sie am Leib trug.

Was soll's, dachte Undine. In Panik reagierte sie eben manchmal über und Fritjof würde ihr schon aushelfen. Sie freute sich auf ihn. Ein bisschen musste sie schmunzeln, als sie sich vor ihrem inneren Auge in Fritjofs Riesenpullovern versinken sah.

Je näher Undine der vertrauten Siedlung kam, desto schneller wurden ihre Schritte. Das letzte Stück rannte sie beinahe. Das grüne Gartentor vor Fritjofs Grundstück war abgeschlossen, Fritjof nicht zu sehen.

Sicher war er an dem See hinter den Gärten. Sie durchquerte die kleine Siedlung. Die Sonne schien und ihr war nicht mehr kalt wie am Morgen.

Als sie in den kleinen Weg zum Bootssteg einbog, sah sie Fritjof bereits auf der Bank vorm Boots- haus in der Sonne sitzen. Wie er da so saß in seinem blau gestreiften Hemd und mit seinen blonden Haaren, der große kräftige Fritjof, der für sie der sanfteste Mensch der Welt war, hätte sie ihn am liebsten umarmt, aber Undine umarmte nie jeman- den und deshalb schickte sie ihm einfach ein klei- nes Lächeln, als er sie auf dem Weg zum Bootssteg entdeckte.

»Hey, Cousinchen!«

Undine erreichte das Ufer.

»Fritjof. Schön dich zu sehen.«

Sie setze sich neben ihn auf die Bank und blickte auf den See. Ein paar Segelboote glitzerten in der Sonne und Möwen kreisten über ihnen. Das Was- ser plätscherte leise gegen den Steg. Sie schwiegen. Mit Fritjof konnte man lange nebeneinandersitzen und schweigen – ohne dass es peinlich war und man um einen Anfang kämpfen musste.

Irgendwann, als ihre Blicke sich schon fast in den Segelbooten verhakt hatten, brach Fritjof die Stille.

»Dein Anruf kam ja etwas überraschend, so früh am Morgen. Ich mach uns erst mal einen Tee.«

Er stand auf und Undine folgte ihm Richtung Siedlung. Sie musste an Adrian denken, schob ihre Gedanken aber schnell wieder beiseite und versuchte, ihren Gang Fritjofs großen Schritten anzupassen.

Der schrille Pfeifton verkündete das Kochen des Wassers. Fritjof ging zur Küchenzeile und goss den Tee auf. Undine saß auf der Eckbank am Fenster und ließ ihren Blick über die vertäfelten Wände und die Bilder streifen. Ein Ölbild mit einem Kutter, der Neptun hieß, Fotos vom See, von Fritjof am Meer und auf dem Deich, eines von ihr selbst vor ein paar Jahren am Strand.

Fritjof brachte die blaue Keramik-Teekanne mit den weißen Punkten, stellte sie auf das Stövchen und Kandis und Milch daneben. Er hatte gefragt und ein bisschen hatte sie ihm erzählt von Adrian und dem Abend, der so schön begonnen hatte. Fritjof goss ihnen Tee ein und Undine legte ihre Hände um die wärmende Tasse, obwohl es gar nicht kalt war.

»Ich wollte mich darauf einlassen.« Sie beobachtete, wie Fritjof Milch und Kluntje in seinen Tee gab und mit dem Löffel den Tee zu einer trüben Brühe rührte.

»Ich wollte es versuchen. Und dann wird dieser Typ auf einmal zum absoluten Alkoholmonster. Der hat mich total angeekelt.«

Sie würde jetzt nur noch Typ zu Adrian sagen. Gegenüber Fritjof seinen Namen zu erwähnen war viel zu freundlich. Adrian war jetzt ein Typ, ein Alkohol-monster, und von so jemandem brauchte Fritjof den Namen gar nicht zu wissen.

»So ein Idiot – betrinkt sich ... Na ja, damals mit so 'nem Mädchen, da hab ich mich auch betrun-ken.« Fritjof grinste und rührte weiter in seinem Tee. »Aber die wollte ich loswerden, von der wollte ich ja auch nichts.«

Undine nahm etwas Kandis und Milch und beob-achtete, wie die schwere Milch und der Kluntje auf den Grund der Tasse sanken. Mit dem Teelöffel wirbelte sie sie wieder auf, bis sich auch ihr Tee trübte.

»Ich wusste gleich, dass das nicht gutgeht, dass man sich besser gleich von dem ganzen Kram fernhält.« Fritjof legte seinen Löffel beiseite.

»So darfst du das auch nicht sehen, ich meine, Liebe ist doch was Schönes. Der wird das heute Morgen sicherlich total bereuen. Der hat bestimmt einfach nicht nachgedacht.«

Dann hätte er eben denken sollten, kam es ihr in den Sinn. Musste sie sich so etwas gefallen lassen? Auch wenn andere das mit dem Alkohol vielleicht normal fanden – ihr war es unheimlich. Sie wollte mit so etwas nichts zu tun haben.

Auf einmal bemerkte sie, dass sie innerlich zitter-te, so wie am Abend zuvor neben Adrian im Bett. Sie rieb ihre Hände nervös auf den Oberschenkeln.

»Lass uns bitte das Thema wechseln, ich kann nicht mehr.«

Fritjof nickte verständnisvoll und sie war dankbar, dass sie sich ihm nie erklären musste. Er nahm die

Kanne und goss sich neuen Tee ein, Undines Blick blieb am Stövchen hängen und starrte doch hindurch. Plötzlich richtete sie sich auf, als hätte sie jemand aus ihren Gedanken gerissen, schob ihre Tasse beiseite und sah ihren Cousin an.

»Fritjof, ich muss zum Meer. Jetzt. Können wir bitte ans Wasser gehen?«

A ls Undine vom Deich aus den Hafen in der Sonne liegen sah und dahinter das Meer, atmete sie erleichtert auf. Es war alles noch da, so wie sie es kannte. Sie setzten sich auf die Docks, an denen die Taue der Boote festgebunden wurden, und beobachteten schweigend ein Schiff, das *Argus* hieß und gegenüber angelegt hatte.

Der Wind blies Undine die Haare ins Gesicht und sie probierte immer wieder, sie hinter ihren Ohren festzuklemmen, doch der Wind war stärker. Schließlich ließ sie es zu und versuchte, sich ganz fest auf das Schiff zu konzentrieren, das schwarz war mit einem weißen Ruderhaus, aber ihre Gedanken entschwanden immer wieder in Richtung einer Hügelstadt zu einem Studenten, der es gar nicht verdient hatte, dass sie an ihn dachte. Fand sie zumindest.

»Also, wenn ich der Kerl wäre, würde ich mich jetzt ganz schön über mich selbst ärgern. Wie heißt er überhaupt?«

»Adrian.« Sie sprach seinen Namen weich und zog die Vokale in die Länge. Dass sie ihn eigentlich nur noch Typ nennen wollte, vergaß sie in diesem Moment.

»Du magst ihn, oder?«

»Nein, hör auf damit!« Undine hatte laut gesprochen und warf Fritjof einen strengen Blick zu. Wie kam er auf so einen Unsinn? Als ob sie, Undine – nein, auf gar keinen Fall.

»Vielleicht solltest du ihn anrufen und mit ihm reden«, sagte Fritjof sanft.

Sie sah ihn entsetzt an. »Einen Teufel werd' ich tun!«

Die Wellen schlugen an den Strand, fast bis vor ihre Füße. Fritjof war zurück nach Hause gegangen. Sie war alleine hierhergekommen. Es war noch Vorsaison und zum Baden zu kalt, sodass sie den Strand für sich alleine hatte.

Der Wind blies ihr um die Ohren und Undine genoss das Rauschen des Meeres. Die Wellen waren flach, aber in einem immer gleichen Rhythmus kamen sie näher, spülten über den Sand und schäumten vor ihren Füßen. Sie atmete tief durch und blickte in die Ferne. Das Meer erstreckte sich graublau mit weißen Schaumkronen bis zu der Linie am Horizont, wo es mit dem strahlend blauen Himmel zusammenstieß.

Die Nordsee war kein Meer für Kataloge, fand Undine. Sie war immer etwas graublau, ein bisschen eigenwillig und voller Melancholie.

*Sie wusste ja besser als sonst jemand, was auf dem Grunde des Meeres vorging.*

Undine hörte seine Schritte aus allen anderen heraus. Wenn er die Treppe hinaufkam in ihr Zimmer, dann klang es laut und doch irgendwie dumpf. Sie hasste dieses Geräusch. Ängstlich starrte sie auf die Türklinke und wenn er sie endlich herunterdrückte, war sie beinahe erleichtert.

*»Du fürchtest doch das Meer nicht, mein stummes Kind?«, sagte er.*

Sie wünschte sich die Schwestern herbei, starrte auf den Kleiderschrank und stellte sich vor, wie die Tür aufgehen und sie alle herauskommen würden.

Sie wünschte es sich so sehr, aber die Schwestern kamen nie.

*Eine ewige Nacht ohne Gedanken und Träume harrte ihrer, die keine Seele hatte und keine Seele gewinnen konnte.*

Als der Großvater starb, brach Undine zusammen. Der Tod kam in der Nacht. In sein Bett. Er wachte einfach nicht mehr auf. Sie war zehn Jahre alt und wollte nicht mehr leben. Sie schrie, sie stampfte, dann schwieg sie und reagierte auf niemanden mehr.

*Sie lachte und tanzte mit Todesgedanken im Herzen.*

Das war die Zeit, als das mit den Kliniken anfing. Die Großmutter wusste nicht mehr, was sie mit ihr tun sollte und schickte Undine weg.

*Und sie tanzte immer weiter, obwohl ihr jedes Mal, wenn ihr Fuß die Erde berührte, so war, als ob sie auf scharfe Messer träte.*

Dann begannen die Fragen. Die Fragen, die bis heute nicht aufhörten, und die Undine so hasste. Aber die Menschen, die sie betreuten, fanden, dass

man darüber reden müsste. Immer wieder sollte sie darüber reden.

Die Großmutter machte sich Sorgen und Vorwürfe, wenn sie ihre Enkelin an den Wochenenden besuchte. Undine schämte sich.

*Jeder Schritt, den sie machte, fühlte sich an, als träte sie auf spitze Nadeln und Messer, aber das ertrug sie gern.*

Als sie wieder bei der Großmutter wohnen durfte und wieder in ihre alte Schule ging, war alles anders als vorher. Die Großmutter war ernst geworden, sie war eine andere als früher. Undine gab sich die Schuld. Manchmal wünschte sie sich sogar den Großvater zurück, damit die Großmutter wieder glücklich würde. In der Schule stand sie meistens alleine. Manchmal tuschelten die anderen Kinder über sie. Einmal die Woche musste sie zu einem Herrn Krawitz. Manchmal durfte sie malen, aber meistens wollte er sich mit ihr unterhalten.

*Sie sah ihn sanft und doch traurig an, sprechen konnte sie ja nicht.*

Sie tat es wieder. Nicht mehr mit Nägeln aus der Werkstatt. Mit ihrer Bastelschere, einmal mit dem Küchenmesser der Großmutter, manchmal mit Scherben, die sie fand.

Als die Großmutter die Narben entdeckte, musste sie wieder in eine Klinik. Und wieder die ganzen Fragen.

Alles wiederholte sich. Es war immer das Gleiche, in einem immer gleichen Rhythmus. Wie die Wellen an den Strand schlugen und das Wasser sich wieder zurückzog, so wurde Undine immer wieder vor- und zurückgespült. Zu Hause und Klinik. Ebbe und Flut.

*Sie dachte an ihre Todesnacht, an alles, was sie in dieser Welt verloren hatte.*

Wäre Fritjof nicht gewesen, wären ihre persönlichen Gezeiten wahrscheinlich endlos weitergegangen. Als die Großmutter starb, besorgte er ihr eine Wohnung und die Ausbildung zur Tierpflegerin.

Anfangs wurde sie noch betreut und Fritjof kümmerte sich um sie, dann zog sie in eine andere Stadt, fand die Arbeit im Aquarium und schaffte es ganz alleine. Nur zu Frau Kramer-Michels musste sie gehen. Und dann traf sie Adrian.

*Er heftete seine schwarzen Augen auf sie, sodass sie die ihren niederschlug und bemerkte, dass ihr Fischschwanz verschwunden war.*

Die Wellen spülten Schaum vor Undines Füße, das Rauschen lag in ihren Ohren und sie atmete tief durch. Es war vorbei. Schon lange war es vorbei und es musste endlich ein Ende haben.

*Nun stieg die Sonne aus dem Meer auf, die Strahlen fielen so mild und warm auf den kalten Meeresschaum, und die kleine Meerjungfrau fühlte nichts vom Tode.*

Adrian hatte Kopfschmerzen. Draußen flog die Landschaft vorbei und ihm war ein bisschen schwindelig.

Beim Aufwachen war Undine weg gewesen. Sie war einfach weggegangen, ohne eine Nachricht zu hinterlassen und ohne, dass er es gemerkt hatte. Er musste tief geschlafen haben. Auf dem Wohnzimmertisch hatten zwei leere Bierflaschen gestanden. Er hatte sich an den schönen Kneipenabend erinnert und dass sie noch mit zu ihm gekommen war. Zum Schluss war sie nicht mehr sehr freundlich zu ihm gewesen.

Das Gefühl seiner Enttäuschung war ihm noch präsent. Vielleicht hatte er ein bisschen zu viel getrunken, aber zu einem schönen Abend gehörten nun mal ein paar Bierchen dazu, fand er.

Was hatte er nun schon wieder falsch gemacht? Seine Kopfschmerzen verrieten ihm, dass es wohl doch etwas mehr als ein paar Bierchen gewesen waren. Er hatte doch aufpassen wollen, Undine mit nichts zu verletzen. Vielleicht war es ihr zu viel gewesen. Sie hatte schließlich gar keinen Alkohol getrunken. Er hatte sich nicht getraut, nach dem Grund zu fragen. Diese Frau musste man wirklich mit Samthandschuhen anfassen, weil sie sonst alles falsch verstand. Oder hatte er irgendwas gemacht?

Einen kurzen Moment war er sich unsicher gewesen, aber dann hatte er doch zu wissen geglaubt, dass seine Hand ihrem Oberschenkel diesmal ferngeblieben war. So ein Mist! Er wollte sie nicht verlieren. Eigentlich hatte er doch gehofft – egal.

Er war zum Telefon gegangen, um sie anzurufen, doch er hatte nur ihren Anrufbeantworter erreicht.

Als er den Hörer zurück auf die Station stellen wollte, war ihm ein kleiner Zettel daneben aufgefallen. »Fritjof Wellhäuser« hatte darauf gestanden. Mit einer Telefonnummer und einer Adresse in Ostfriesland. Fritjof? So hieß doch der Cousin, von dem Undine gesprochen hatte.

Adrian hatte nicht lange überlegt und Frank angerufen. Der hatte ihm eine Zugverbindung und einen Stadtplan aus dem Internet ausgedruckt, weil Adrian keinen eigenen Drucker besaß, und ihm die Zettel eine halbe Stunde später an der Haustür in die Hand gedrückt. Adrian war zum Bahnhof gerannt und hatte den Zug gerade noch erwischt.

Und nun saß er da, sah Landschaft vor seinem Fenster vorbeifliegen und hoffte, dass er Undine finden und sie ihm zuhören würde. Er steckte sich die Stöpsel seines MP3-Players in die Ohren und so bekamen die Landschaftsbilder gitarrenlastige Musikuntermalung von der *Innung*.

*»Wir sitzen auf der Wiese und sind endlich allein,*
*so schön wird's nie wieder sein.*
*Ich will dir was sagen, das fällt mir schwer,*
*weil jedes Wort ein Versprechen wär'.«*

Hatte er ihr gestern gesagt, dass er sie mochte? Er war sich nicht sicher. Es war, als läge ein grauer Schleier über dem Abend. Wieso hatte er nicht gemerkt, dass es zu viel Bier wurde?

*»Ich will verschwinden, ohne wegzugehn,*
*ich würd dich gern wiedersehn,*
*ich bin so müde, ich werd nie mehr schlafen gehn,*
*ein paar Dinge werd ich nie verstehn.«*

Irgendwie war diese Frau hypersensibel. Er konnte sich nicht erinnern, jemals so viel Anstrengung wegen einer Frau unternommen zu haben. Wahrscheinlich würde er bis zum Nordpol fahren. Er war verliebt und er wollte nur eins: Undine.

*»Ich denk an dich, ich wünschte, du wärst hier,*
*ich rufe deinen Namen, es bleibt still.*
*Nie wird jemand bleiben und nie was richtig sein,*
*ich weiß nicht, was ich vom Leben will.«*

Mit Franks Wegbeschreibung fand Adrian die Gartensiedlung, neben der Fritjof wohnen sollte, leicht. Als Lloyd auf dem Weg dorthin allerdings *»Ich muss oft früh raus, auch mal Sonntagvormittag, zum Beispiel sing ich dann davon, dass ich dich mag«* und etwas später den Refrain *»Soll das alles, soll das alles gewesen sein? Soll das alles, soll das alles gewesen sein?«* in sein Ohr sang, drehte Adrian dem Sänger der *Innung* die Stimme ab und nahm die Stöpsel aus seinen Ohren.

Schließlich entdeckte er zwischen der Gartensiedlung auf der einen und den Wohnhäusern auf der anderen Seite eine wilde Hecke, hinter der sich ein vergleichsweise niedriges Dach erhob. Vielleicht war es das. Vor einem grünen Gartentor blieb Adrian stehen und erkannte ein Holzhaus und einen Wohnwagen wie in Undines Beschreibungen.

»F. Wellhäuser« stand auf einem Holzschild neben dem Tor. Er beugte sich über den Zaun und rief »Hallo?«, weil er keine Klingel entdeckte. Dann öffnete er die Pforte und betrat den Garten.

Der Mann, der Undines Cousin sein musste, saß auf einer Holzbank vor dem Haus in der Sonne. Er war groß, blond und stämmig, aber sein jugendlich wirkendes Gesicht verriet Gutmütigkeit.

Adrian fragte nach Undine. Er erfuhr, dass sie am Strand sei. Fritjof beschrieb ihm schmunzelnd den Weg dorthin und Adrian wurde das Gefühl nicht los, dass er sich über ihn lustig machte.

Das Meer war zurückgegangen. Es hatte sich verzogen und bildete nun eine dicke Linie am Horizont, auf der ein einsames Schiff verkehrte. Zurückgelassen hatte es den nackten Meeresboden, ein paar Pfützen, das Watt und Meeresgetier, das den nächtlichen Rückfluss des Wassers sehnlich erwartete.

Die Abendsonne zog die Schatten lang. Es war nicht mehr so windig, aber kühl geworden. Und ruhig. Das Meer hatte das Rauschen mitgenommen. Undine stand am Strand, die Arme vor der Brust verschränkt. Ihr Blick ging in die Ferne. Dort am Horizont war das Meer. Sie hatte den ganzen Nachmittag im Sand gesessen und beobachtet, wie es immer weiter zurückgegangen war und alles mitgenommen hatte.

Jetzt war es weg. Weit weg.

Undine sog den Salzwind in sich ein und atmete tief aus. Sie hörte ein Knirschen hinter sich im Sand. Schritte.

Plötzlich stand Adrian neben ihr.

Fragend sah sie ihn an und blickte dann wieder über das Wattenmeer zum Horizont.

Sie schwiegen.

Adrian kramte in seiner Tasche und hielt ihr einen Zettel hin. »Du hast da was vergessen.«

Sie nahm den Zettel. Fritjofs Adresse. In der Eile am Morgen musste sie ihn liegengelassen haben. Wortlos steckte sie ihn ein.

»Es tut mir leid.« Adrians Stimme klang sanft und beinahe ein bisschen flehentlich. »Ich bin ein riesengroßer Vollidiot.«

»Stimmt.« Undine ließ das Meer am Horizont nicht aus den Augen.

Adrian suchte nach Worten. »Ich wollte das nicht. Ich weiß nicht, wie ich so dumm sein konnte.«

Undine fror. Von der Seite spürte sie Adrians Blick.

»Ist dir kalt?«

Sie antwortete nicht. Adrian nahm seinen Rucksack ab, zog seine rote Trainingsjacke aus und legte sie ihr vorsichtig über die Schultern. Undine ließ ihn, sagte aber weiter kein Wort und versuchte, das Meer nicht aus den Augen zu verlieren. Seine Jacke fühlte sich warm und gut an.

»Wenn ich es rückgängig machen könnte ...« Adrians Stimme klang unsicher. »Aber ich kann es nicht rückgängig machen.«

Sie standen nebeneinander und schwiegen. Undine merkte, dass Adrian unruhig war. Vielleicht suchte er nach Worten, aber sie fehlten ihm offensichtlich. Vielleicht wartete er auch, dass sie etwas sagte. Der Reißverschluss seiner Jacke, die er ihr umgelegt hatte, klackerte leise im Wind.

Es war weg, das Meer.

Es war dort hinten am Horizont und würde erst in der Nacht wiederkommen. Es war weg und nun war Adrian hier. Und ihre Gedanken waren viel mehr bei ihm, auch wenn sie sich noch so sehr bemühte, das Meer nicht aus den Augen zu lassen. Eigentlich fühlte es sich gut an, dass er hier neben ihr stand, dass er gekommen war und ihr seine Jacke geliehen hatte.

Vielleicht war es an der Zeit.

Sie wandte ihren Blick zu Adrian. Der Wind zer-
strubbelte seine blonden Haare. Er fixierte den Boden, dann sah er sie verzweifelt graugrünblau an.
Undine atmete tief durch.
»Soll ich dir den Hafen zeigen?«, fragte sie leise.
»Gerne«, presste Adrian hervor.
Undine löste sich von dem zurückgewichenen
Meer und sah vorsichtig zu Adrian. Als sie seinen
graugrünblauen Blick traf, spürte sie die leise Aufregung in ihrem Bauch. Er schaute liebevoll auf sie
und sie wusste, dass sie ihm den Abend schon verziehen hatte.

Vielleicht würde er den kleinen Tidenhafen mit der alten Brücke und der langen Flutmole genauso mögen wie sie. Sie würde ihm die Segelschiffe zeigen und die *Argus*.

Aus dem Augenwinkel sah sie Fritjof oben auf dem Deich stehen und sie beobachten. Er nickte ihr zu und lächelte.

Da wusste sie, dass es richtig war.

Undine spürte das Kribbeln in ihrem Bauch. Sie schenkte Adrian ein vorsichtiges Lächeln, verfing sich kurz in seinen Augen und deutete den Strand entlang: »Die Richtung.«

Sie wandte sich um und Adrian folgte ihr.

Nebeneinander gingen sie den Strand entlang. Die Abendsonne malte ihre langen Schatten auf den Sand.

# Quellen und Zitate

Der kursiv gesetzte Märchentext wurde zitiert, teilweise verkürzt und sprachlich leicht modernisiert, nach Auszügen aus dem Märchen »Die kleine Seejungfrau« von Hans Christian Andersen (1837) nach der deutschen Übersetzung von Julius Reuscher. H. C. Andersens Sämmtliche Märchen, 29. Auflage, Verlag von Abel & Müller, Leipzig, um 1897 erschienen.

Die zitierten Liedtexte der Band Die Innung stammen von dem Album »Da sein wo was los ist«, Killer Release Records 2003. Alle Texte von Lloyd Reidegeld – mit freundlicher Genehmigung.

Das zitierte »Sonnet 24« von William Shakespeare aus dem Jahr 1609 stammt aus Shakespeare, William, Sonnets. Ed. Thomas Tyler. London: D. Nutt 1890.

## Dank an

Hans Christian Andersen für das wunderbar poetische Märchen »Die kleine Seejungfrau«.

Simone Wolf für den kreativen Austausch über das Meerjungfrauenmotiv.

Christoph Müller und Stephanie Herpich für die gemeinsame visuelle Entwicklung der Undine in meinem Langspielfilm »Blaue Ufer« (2003), auf dem dieser Roman basiert.
In memoriam Siegfried Jahnke, der ein Adrian war und sich doch überwand, den Großvater zu spielen.

Simone Raillon und Filippo Smerilli fürs Lesen der Erstversion von 2004.

Lucien Deprijck für den konstruktiven Dialog und das Endlektorat.

Marlies Blauth für den kreativen Austausch und die extra zu den Undine-Texten angefertigten Kohlestaubzeichnungen.

## Über die Autorin

Foto: John Oechtering

**Marina Jenkner** (geb. 1980 in Detmold) studierte Germanistik, Kunst- und Designwissenschaften und Architektur und arbeitet seit 2006 als freiberufliche Schriftstellerin, Filmemacherin und Werbetexterin. Zuletzt erschien ihr Flüchtlingsroman »Die UnWillkommenen« (2019) im Größenwahn Verlag Frankfurt.

Neben diversen Lesungsprogrammen, Kurzfilmen und Kurzgeschichten veröffentlichte sie 2003 den Langspielfilm »Blaue Ufer«, 2006 den Lyrikband »WUPPERlyrik« (Labonde Verlag Grevenbroich), 2007 das Kurzgeschichtenbuch »Nimmersatt und Hungermatt« (Verlag Frauenoffensive München) und 2009 den Dokumentarfilm »Und tschüss, Hormone!«

Marina Jenkner ist Mitglied im Verband deutscher Schriftsteller (VS) und Mitglied der GEDOK Wuppertal. Sie war Dozentin für Kreatives Schreiben an der Junior-Uni Wuppertal und führt Lesungen und Schreibworkshops in Schulen durch. Seit 2015 betreibt sie den Kulturort »Die arme Poetin« in der Wuppertaler Spitzwegstraße.

*www.marina-jenkner.de*

# Über die Künstlerin

Foto: Andreas Blauth

**Marlies Blauth** (geb. 1957 in Dortmund) studierte Kommunikationsdesign, Kunsterziehung und Biologie und arbeitet seit 1989 als Bildende Künstlerin, seit 2006 zusätzlich als Lyrikerin. 21 Jahre war sie Lehrbeauftragte für Druckgrafik und Gestaltungsgrundlagen an der Universität Wuppertal. Vor kurzem erschien ihr – drittes – Buch »Bilder aus Kohlenstaub. Gedichte und Zeichnungen« (2021) im Athena-Verlag Oberhausen. Ihre Arbeiten waren in zahlreichen Galerien, Museen und Kirchen ausgestellt.

Marlies Blauth ist Mitglied bei verschiedenen Künstler- und LiteratInnen-Vereinigungen, u. a. bei der GEDOK. Sie lebt in Meerbusch (nahe Düsseldorf), wo sie seit 2003 das Projekt »Kunst in der Apsis« und seit 2016 eine Schreibwerkstatt leitet.

*www.kunst-marlies-blauth.blogspot.com*

die
marina jenkner
unwillkommenen

roman

Hardcover
258 Seiten
Größenwahn Verlag
Frankfurt am Main
2019

ISBN: 978-395771-240-0 · Preis: 19,90 €
eISBN: 978-395771-241-7 · Preis: 17,99 €

»Ein Buch, das sich klar gegen Fremdenhass positio-
niert.«

Sandra Thoms, Buchhandlung Bakerstreet

»Eine mutige Auseinandersetzung mit dem Thema
Heimat.«

Sewastos Sampsounis, Verleger

»Schon jetzt eine Art Chronik der Gefühlslage
Deutschlands auf dem Höhepunkt der Flüchtlingskrise
2015/16 ...«

Peter Joerdell, Amazon-Rezensent

# Die UnWillkommenen
## Der Flüchtlingsroman von Marina Jenkner

Dass sie selbst Flüchtlingsenkelin ist und ihre Großeltern aus Ostpreußen und Oberschlesien flohen, spielt in Bettys heilem Familienleben keine Rolle. Bis im Sommer 2015 plötzlich der Vater einer syrischen Flüchtlingsfamilie vor ihr steht. Auf einmal ist alles ganz nah: der Krieg, der Islam, die Politik, Termine beim Jobcenter. Betty und ihr Mann helfen, eine Freundschaft entsteht. Doch nicht überall ist die Familie Ibrahim so willkommen wie in Bettys Familie. Und die eigene Familiengeschichte lässt sie plötzlich auch nicht mehr los ...

Da sind die Geschichtenoma vom Bauernhof in Westdeutschland, die Flüchtlinge aufnehmen mussten, und ihr Mann, der bis an sein Lebensende jede Nacht vom Krieg träumte. Da ist die verschlossene Großmutter, die mit dem Pferdewagen über das Eis des Frischen Haffs aus Ostpreußen floh, und der Großvater, dem die Rückkehr in seine oberschlesische Heimat nach dem Krieg versperrt blieb – die beiden lernten sich in einem schleswig-holsteinischen Flüchtlingslager kennen und hier verbrachte Bettys Vater seine ersten Lebensjahre. Da sind die anderen Verwandten, die der Krieg nach Ostdeutschland, nach Oberösterreich und nach Schweden verschlagen hat, und das Wolfskind in Litauen.
Je mehr Betty sich mit den Ibrahims beschäftigt, desto mehr berühren die Geschichten aus der Vergangenheit die aktuellen Geschichten.

In einem umfassenden Flucht-Mosaik erzählt Marina Jenkner von den Flüchtlingen damals und heute und von denen, die sie willkommen heißen.

# Außerdem bei ML Books erschienen

*Ein hautnah spürbarer Kampf ums Überleben auf einer paradiesischen Südseeinsel von dem Autor von »Die Inseln, auf denen ich strande«!*

Lucien Deprijck
**Gefährtin des Mondes**
320 Seiten
Paperback
**ML Books**
ISBN
**978-3-7543-2772-2**

Acht Menschen, einander völlig fremd, stranden auf einer abgelegenen Südseeinsel, vermeintlich nur für Tage. Doch aus den Tagen werden Wochen und Monate, aus dem Abenteuer wird ein Kampf ums Überleben.

Für den jungen Leon wird es auch ein Kampf um Anerkennung, gegen die Schatten der Vergangenheit – und um eine große Liebe. Im Zuge der Ereignisse geht für ihn letztlich ein großer Traum in Erfüllung – doch um welchen Preis!

»Gefährtin des Mondes« von Lucien Deprijck ist moderner Abenteuerroman, aber auch Sozialstudie, Love-Story und filmisch erzähltes Drama.

Zwischen den Zeilen behandelt das Buch die entscheidenden Fragen um Glück, Liebe und den Sinn des Lebens – den jeder für sich selbst bestimmen kann.

Der erste Teil von
Lenas Geschichte:

Marina Mare
**Giertochter,
Gespensterkind**
304 Seiten
Paperback
**ML Books**
ISBN
978-3-7543-1519-4
eISBN
978-3-7543-8215-8

**Ein Coming-of-Age-
Roman über eine
ungewöhnliche
Sucht.**

*»Kein Weg war zu weit, um diesen quälenden Heißhunger zu befriedigen, denn erst, wenn sie seinen bohrenden Befehlen das Maul gestopft hatte, gab er Ruhe.«*

Eigentlich ist Lena glückliche Architekturstudentin in einer festen Beziehung. Doch dann macht ihr Freund Schluss und Lena versucht die plötzliche Leere mit Essen zu füllen. Die Fressanfälle verselbständigen sich, Essen wird ihre Droge und ihr dicker Körper zum Anstoß der Familie. Denn die hat mehr zu verbergen als ein paar Kilo zu viel. Lena findet heraus, dass es für ihr Verhalten einen Namen gibt: Binge Eating.

Trotz der Essstörung schafft sie es, sich selbst und andere mit einer perfekten Fassade zu belügen. Doch wie lange kann man all seine Gefühle hinunterschlucken?

**Lenas Geschichte geht weiter!**

Marina Mare
**Hungertochter, Himmelskind**
312 Seiten
Paperback
**ML Books**
ISBN
978-3-7557-3950-0
eISBN
978-3-7557-2074-4

**Ein Roman über Hunger, Tod und den Weg aus der Abwärtsspirale.**

*»Lena genoss den leeren Magen, dieses Loch in ihrem Bauch. Alles war besser als das Fressen und die anschließende Scham. Das Hungern fühlte sich heilig an. Sie war eine Heilige, die schwerelos durch die Straßen lief.«*

Seit Lena eine ambulante Therapie macht, hat sie ihre Essanfälle einigermaßen im Griff. Alles scheint auf einem guten Weg, doch dann beginnt sie, über ihre Schwester zu sprechen. Plötzlich dreht sich ihre Essstörung um 180 Grad: Lena hungert. Schnell entwickeln sich magersüchtige Verhaltensweisen, doch ihr leichtes Übergewicht scheint die Lizenz zum Hungern zu sein. Als sie schließlich in einer Klinik für Essstörungen landet, ist es an der Zeit: Sie muss sich mit dem Trauma ihrer Familie auseinandersetzen.